Lea Schmidbauer
Kristina Magdalena Henn

OSTWIND
Aufbruch nach Ora

Lea Schmidbauer • Kristina Magdalena Henn

OSTWIND

Aufbruch nach Ora

ALIASENTERTAINMENT

in der OSTWIND-Reihe sind bereits erschienen:

OSTWIND – zusammen sind wir frei (Band 1)
OSTWIND – Rückkehr nach Kaltenbach (Band 2)
OSTWIND 2 – Das Buch zum Film
OSTWIND – Aufbruch nach Ora (Band 3)
OSTWIND – Aufbruch nach Ora – Das Buch zum Film
OSTWIND – Auf der Suche nach Morgen (Band 4)
OSTWIND – Aris Ankunft (Band 5)
OSTWIND – Meine Freunde

Dieses Buch wurde auf chlorfrei gebleichtem Papier gedruckt.

1. Auflage
Erstmals als Taschenbuch März 2018

Lektorat: Heike Hauf
Satz: Peter Frese, Uhl+Massopust, Aalen
Umschlaggestaltung: Astrid Reimann / artattack-design.de
Fotos Umschlag: Tom Trambow
Druck: GGP Media GmbH, Pößneck
ISBN 9783940919168
Printed in Germany

/ostwindfilm

1. Kapitel

Endlose Weite. Blauer Himmel bis zum Horizont. Warmer Wind bewegte das lange Gras einer dürren Landschaft, in der sonst nur ein paar Silberdisteln und Aloepflanzen überlebt hatten. Am Horizont eine felsige Anhöhe, auf die sie in rasender Geschwindigkeit zujagte. Sie spürte die Sonne auf ihrer Haut und die pure Energie, die sie durchflutete wie Wasser eine Stromschnelle. Sie hob den Kopf und da, im gleißenden Gegenlicht, erkannte sie auf dem Kamm der Anhöhe ein silbergraues Pferd mit schwarzer Mähne. Es stand ganz ruhig da, als würde es auf sie warten. Und sie wollte zu ihm! Schneller, schneller! Ein rufendes Wiehern hallte wie ein Echo durch die Luft. Dann wurde es still. Hinter dem silbergrauen Pferd tauchte ein weiteres Pferd auf und dann noch eines neben ihm. Füchse, Schimmel, Schecken – am Ende stand eine ganze Herde auf der Kuppe des Hügels. Sie hatte den Fuß der Anhöhe fast erreicht, als das silbergraue Pferd sich freudig auf die Hinterbeine stemmte. Das war das Signal. In einer mächtigen Staubwolke galoppierten die Wildpferde den Abhang hinab auf sie zu. Staunend blieb sie stehen, als sich die Herde wie eine Welle um sie herum teilte. Trotz der Pferde, die sie umtanzten, überkam sie plötzlich eine tiefe Ruhe. Die silberne Stute stand jetzt direkt vor ihr. Sie senkte den Kopf und legte ihr weiches Maul mit einem leisen Schnauben …

»… und dann dieses Schnauben! Das macht Madame Butterfly dann immer und ich weiß nicht, was sie mir sagen will!« Eine schrille Stimme holte Mika aus ihrem Tagtraum und beförderte sie unsanft zurück in die Realität. Und in der stand sie mit einer dürren Frau mit Nickelbrille und Besserwisserblick vor einer Box, aus der sie ein großes braunes Pferd mit leeren Augen ansah. Madame Butterfly hatte offenbar genauso wie Mika auf Durchzug geschaltet – nur schon lange vor ihr.

»Vielleicht sollten sie mehr Dinge mit ihr tun, die ihr Spaß machen?«, begann Mika. Die Frau sah sie verständnislos an.

»Aber ich lese ihr täglich aus der *Enzyklopädie der psychoaktiven Pflanzen* vor und räuchere ihren Stall mit ayurvedischem Weihrauch aus«, plapperte sie ungebremst weiter und Mika wusste plötzlich, warum sie sich in einen Tagtraum gerettet hatte.

Seit sie das Therapiezentrum auf Kaltenbach eröffnet hatten, kamen täglich Dutzende von Pferdebesitzern, die ihren Rat suchten. Mikas außergewöhnliche Gabe hatte sich mittlerweile herumgesprochen und das Gestüt ihrer Großmutter, das im letzten Jahr noch kurz vor der Zwangsversteigerung gestanden hatte, war wieder voller Leben und Hoffnung. Nur für Mika galt das nicht. Immer häufiger ertappte sie sich dabei, wie sie sich nach der Zeit zurücksehnte, in der sie noch frei war und machen konnte, was sie wollte. Anstatt neurotischen Pferdebesitzern zuzuhören, hätte sie lieber lange Ausritte durch den Wald gemacht und wäre mit Ostwind auf der Koppel herumgetollt. Denn das, dachte Mika, war ihre eigentliche Bestimmung. Außerdem fehlten ihr einfach die Geduld und die nötige Diplomatie für manche nervigen Kunden. Und das Schlimmste: die Pferde taten ihr leid. Denn in neunzig Prozent der Fälle waren es nicht die »Problempferde«, die das Problem hatten – sondern ihre Besitzer. Aber sie konnte der anstrengenden Plappertante ja schlecht sagen, dass ihr armes Pferd sich einfach nur schrecklich mit ihr langweilte.

»Madame Butterfly ist einfach sterbenslangweilig mit Ihnen«, hörte Mika sich im selben Moment sagen. Oops! Ihre Gedanken rutschten in letzter Zeit immer öfter unkontrolliert auf ihre Zunge.

Immerhin hatte sie damit den Redefluss der Frau gestoppt, die sie nun empört ansah und sich nervös ihre kleine Brille zurechtschob. Doch noch, bevor die Schnappatmung einsetzte, eilte Herr Kaan Mika zu Hilfe.

»Was Mika sagen will ist, dass Sie vielleicht etwas gemeinsam unternehmen sollten. Dass Sie etwas machen, was Ihnen UND Ihrem Pferd Spaß machen könnte«, sagte er mit besonders milder Stimme, um Mikas schroffe Diagnose wieder wettzumachen.

Die Frau runzelte fragend die Stirn. »Sie meinen ein anderes Buch? Oder soll ich ihr lieber eine Oper vorspielen?«

Mika wollte gerade den Mund aufmachen, um der begriffsstutzigen Frau noch ein paar weitere Wahrheiten mitzuteilen, als Herr Kaan sie sanft am Arm fasste.

»Mika braucht eine kurze Pause. Ich bin aber gleich wieder für Sie da«, entschied er bestimmt und führte Mika mit raschen Schritten aus der Boxengasse.

»Ich habe aber das volle Paket bezahlt!«, nölte es hinter ihnen her, als sie um die Ecke bogen. Erst vor der Tür ließ Herr Kaan Mikas Arm los und sah sie ernst an.

»Tut mir leid. Wirklich. Ich wollte mir ja Mühe geben, aber diese Leute sind einfach so …«, sie suchte nach einem passenden Wort, »… schwerhörig!«

»Ich weiß, was du denkst. Und du hast ja auch recht. Aber das ist nun mal ein Teil unserer Arbeit. Du musst Geduld haben mit den Menschen. Dann lernen sie vielleicht auch das Zuhören.«

»Aber das arme Pferd langweilt sich ganz schrecklich, das muss sie doch merken, dass das an ihr liegt und nicht an ihrem Pferd!«, brach es frustriert aus Mika heraus. Trotzig trat sie gegen einen unschuldigen Futtereimer, der im hohen Bogen durch die Stallgasse flog.

»Du musst deine Gefühle in den Griff bekommen«, sagte Herr Kaan und es klang ungewohnt streng. Schließlich war es nicht das erste Mal, dass er Mikas Ausbrüche vor den Kunden abmildern musste. Mika sah zu Boden und nickte stumm.

»Wir unterhalten uns ein andermal. Jetzt geh erst mal ein bisschen an die frische Luft. Ich kümmere mich um die Dame«, sagte Herr Kaan und fügte mit einem leisen Seufzer hinzu, »vielleicht kann sie dem armen Tier ja wenigstens Bücher von Karl May vorlesen.« Und damit verschwand er wieder im Stall.

Mika atmete tief durch und trat auf den verschneiten Hof hinaus. In der Zwischenzeit war es Winter geworden auf Kaltenbach und der Hof lag unter einer dicken weißen

Schneedecke. Sie schloss ihre Daunenjacke bis unter das Kinn und ließ ihren Blick über das ehrwürdige Gestüt wandern, das im Schnee glitzerte wie ein verwunschenes Märchenschloss. Eigentlich war doch alles gut. Kaltenbach hatte keine finanziellen Sorgen mehr und auch Ostwind war glücklicher, seit er mit 34, seiner angebeteten Schimmelstute, gemeinsam auf der Koppel lebte. Mika wusste auch nicht so recht, was mit ihr nicht stimmte. Vielleicht musste sie einfach mal wieder mit jemandem reden.

Schnee rieselte gerade vom Wellblechdach des Unterstands, als Mika Ostwinds Koppel erreichte. Nachdem es im Herbst kühler geworden war, hatte sie zusammen mit Milan, Sam und Herrn Kaan einen offenen Stall für die beiden Pferde gebaut und jetzt im Winter sah die etwas schief zusammengenagelte Konstruktion aus wie eine weihnachtliche Krippe. Nur dass Josef und Maria Ostwind und 34 hießen und zwei Pferde waren. Doch auch sie bekamen Nachwuchs und der mächtige Bauch der Schimmelstute verriet, dass es nicht mehr lange dauern konnte. Es würde ein Winterfohlen werden, was deutlich mehr Aufwand bedeutete als ein Frühlingsfohlen, das einfach ins Gras fallen konnte. Aber auf Kaltenbach waren alle gut vorbereitet und besonders Milan war Tag und Nacht mit der bevorstehenden Geburt beschäftigt. Mika stand am Gatter und betrachtete die beiden Pferde, die in stiller Eintracht dicht nebeneinander standen. Ostwind schien sie nicht gleich zu bemerken, da seine ganze Aufmerksamkeit der trächtigen Stute galt. Erst als Mika leise durch die Zähne pfiff, hob der schwarze Hengst den Kopf und kam in gemächlichem Schritt auf sie zu. In der kalten Luft stieg sein Atem in kleinen Wolken aus seinen Nüstern, als er seinen Kopf über das Gatter schob. Mika rieb ihm die Stirn.

»Du kannst es kaum erwarten, endlich Vater zu werden, was?«, fragte sie sanft und strich ihm eine schwarze Strähne aus dem Auge. Sein leises Wiehern bedeutete wohl Zustimmung. Mika verkroch sich tiefer in ihre Jacke, doch die Kälte schien eher aus ihrem Inneren zu kommen. »Kennst du das, wenn dir etwas fehlt, aber du nicht genau weißt, was?« Ostwind stand still vor ihr, doch sein Ohr zuckte dabei immer wieder in die Richtung von 34, die im Unterstand geblieben war. Mika seufzte.

»Na ja, egal. Wie wär's denn mit einem kleinen Ausflug in den Schnee, nur du und ich?«, fragte Mika und spürte, wie es ihr bei dem Gedanken gleich wieder besser ging.

»Mika? Kann ich dich um einen Gefallen bitten«, ertönte in diesem Moment eine Stimme hinter ihr. »Oder wolltest du gerade einen Ausritt machen?« Mika drehte sich um und hinter ihr stand Milan. Seine blauen Augen lugten unter einer blau-rot gestreiften Wollmütze hervor, die er sich gegen die Kälte über seine Locken gezogen hatte.

»Sam wollte noch eine Box vorbereiten, die große mit der Wärmelampe, aber ich glaube, er hat es wieder vergessen und ich wäre viel ruhiger, wenn das schon gemacht wäre.« Mika musste unwillkürlich lächeln. Genau wie Ostwind litt Milan an einem ernsten Fall von Vaterfreude. Tagsüber war er als Pferdehebamme unterwegs und nachts büffelte er für seine Prüfung. Seit er vor einem halben Jahr auf

Kaltenbach angefangen hatte, war es mit seinem Vagabundenleben vorbei. Er holte seinen Realschulabschluss nach und zum ersten Mal in seinem Leben hatte er etwas wie ein Zuhause gefunden. Und eine Freundin. Er sah Mika mit so strahlenden Augen an, dass sie trotz ihrer gedrückten Stimmung nicht anders konnte als zurückzugrinsen.

»Nee, ich wollte nur mal nach den beiden Verliebten schauen.«

»Und wen meinst du damit genau?«, sagte Milan, legte ihr einen Arm um die Schulter und zog sie an sich.

Für eine Weile standen sie einfach so da, nah beieinander, und schauten den beiden Pferden zu, die das Gleiche taten.

»Wie steht's denn an der Namensfront?«, fragte Mika schließlich. »Was Besseres als 35 muss uns diesmal schon einfallen. Fanny hat *Pferdinand* vorgeschlagen, falls es ein Hengst wird.«

Milan lachte. »Wenn du ein paar Stunden Zeit hast, lese ich dir gerne meine Liste vor. Es gibt da echt viel, woran man denken muss: Der Name muss ja zur Fellfarbe passen, zum Körperbau, zum Temperament, zu den beiden Eltern ...« Mika nickte ernst.

»Zur Jahreszeit, zum Wochentag, unbedingt auch zum Sternzeichen ...« Milan knuffte sie in die Seite.

»Hey! Ich finde Namen wichtig. Ein Name sagt was darüber aus, wer man ist und woher man kommt. Ostwind zum Beispiel. Wer hat ihn eigentlich so genannt?«

Mika wurde nachdenklich. Das hatte sie sich tatsächlich noch nie gefragt. Er war einfach immer Ostwind gewesen.

»Keine Ahnung«, sagte sie ehrlich. Überrascht sah Milan sie an. »Du weißt nicht, wo er herkommt?«, fragte er staunend.

»Doch. Oma hat ihn von Friedrich Fink gekauft.«

»Nein, ich meine: Wo er herkommt. Wo er geboren wurde?«

Mika zuckte mit den Schultern. »Nein.«

»Na dann, komm mal mit.« Milan kletterte über das Gatter und ging auf die beiden Pferde zu. Mika folgte ihm, unsicher, was er jetzt vorhatte. Milan strich erst 34 liebevoll über den Rücken, dann drückte er sie behutsam zur Seite und trat neben Ostwind. Suchend tastete er über die Flanke des Hengstes bis seine Finger fanden, was sie gesucht hatten. »Hier! Rate mal was das ist?«

Mika beugte sich vor und strich ebenfalls über die Stelle an Ostwinds Fell. Sie kannte jeden Zentimeter ihres Pferdes und wusste sofort, was Milan meinte. Eine kreisförmige Erhebung mit sternförmig gefächerten Ausläufern.

»Das hat er schon immer, 'ne Art Narbe. Er muss da mal an irgendwas hängen geblieben sein oder so.«

Milan sah sie belustigt an und schüttelte ungläubig den Kopf. »Wie kann man so viel über Pferde wissen wie du und gleichzeitig so wenig? Das ist ein *Brandzeichen.* Damit werden die Pferde als Fohlen gekennzeichnet, je nachdem zu welcher Rasse oder welchem Gestüt sie gehören. 34 zum Beispiel ...«, er drehte sich zu seiner Stute um und strich über einen länglichen Fellwirbel, der sich etwa an derselben Stelle befand wie Ostwinds seltsame Narbe. »Das ist ein Pfeil mit einem Stern an der Spitze. 34 ist also ein Warmblut aus Österreich. Von einem Gestüt namens Donnersmark.« Mika kniff die Augen zusammen. Beim besten Willen konnte sie da weder einen Pfeil noch einen Stern erkennen.

»Das kannst du alles daraus lesen?«, fragte sie, ehrlich beeindruckt. Milan lachte.

»Nein, aber es gibt Bücher, in denen man die verschiedenen Brandzeichen nachschlagen kann.« Und damit drückte er Mika einen Kuss auf die Wange, ging zum Unterstand und begann Heuballen auf eine Schubkarre zu wuchten. Mikas Finger strichen nachdenklich über die vertrauten Knubbel in Ostwinds dunklem Fell. Es war ein seltsames Gefühl, sich plötzlich eine Frage zu stellen, die so nahelag und auf die sie trotzdem keine Antwort wusste. »Wo kommst du her, hm?«, murmelte sie leise. Und als hätte Ostwind sie verstanden, drehte er sich zu ihr und sah sie fragend an.

Gedankenverloren fegte Mika den Boden der großen Box. Von links nach rechts, von rechts nach links. Und wieder zurück.

»Wenn du so weitermachst, können wir ja nachher hier drinnen essen. Picknick im Stall«, bemerkte Sam, der mit einer Schubkarre voll frischem Stroh vor der Box stand und sie aus seinen warmen braunen Augen belustigt ansah. »Oder was soll das werden?« Erst jetzt sah Mika auf den blitzeblanken Steinboden zu ihren Füßen. Was machte sie hier nochmal?

»Ich … äh … bereite eine Box vor für 34. Milan meint,

dass es jetzt jeden Moment soweit ist«, nun fiel es ihr wieder ein.

Sam verdrehte die Augen. »Das hat er vor drei Wochen schon gesagt. Und vor zwei. Und letzte Woche. Und seither jeden Tag. Das arme Pferd kann ja nicht mal *Piep* machen, ohne dass er sofort Dr. Anders aus dem Bett klingelt«, sagte er, doch es klang nicht spöttisch, sondern wohlwollend. Aus den anfänglichen Rivalen waren nämlich inzwischen gute Freunde geworden. Mika lächelte.

»Stimmt. Ich glaube, 34 fühlt sich ein bisschen zu sehr beobachtet.« Sie lehnte den Besen an die Wand und wurde wieder ernst. »Kommst du mit auf einen Spaziergang? Ich muss mal hier raus.«

Sam zögerte einen Moment. Und nicht nur, weil er Mikas »Spaziergänge« fürchtete, die regelmäßig tief in den Wald führten und mehrere Stunden dauern konnten. Meist so lange, bis sie zugab, sich verirrt zu haben.

»An sich, theoretisch, gerne – ich muss nur noch mit Frau Kaltenbach die Futterbestellung durchgehen. Und wir holen morgen drei neue Pferde, dafür muss ich noch alles klarmachen und mein Großvater wollte …«

Mika nickte resigniert. »Schon gut. Ich wollte eh noch mit Fanny skypen und …« erschrocken biss sie sich auf die Unterlippe. Mist! Zu spät. Denn wie immer wenn in letzter Zeit Fannys Name fiel, zogen dunkle Wolken über Sams sonniges Gesicht.

»Ach ja, wie geht's ihr denn?«, fragte er betont beiläufig und bevor Mika antworten konnte: »Nein, sag nichts. Ist mir auch völlig egal!« Mika machte den Mund wieder zu –

sie wusste, das war gefährliches Gelände. »Aber geht's ihr gut? Jetzt, wo sie endlich am Ziel ihrer Träume ist? Pa-ris. Pah!«, aus Sams Mund klang der Name von Fannys Lieblingsstadt wie der einer fauligen Tomate. »Hat sie was über mich gesagt?« Er sah Mika mit einer Mischung aus Hoffnung und Enttäuschung an.

»Ich hab ja noch nicht mit …«, versuchte Mika es vorsichtig, aber Sam kniff schon wieder die Augen zusammen und hob abwehrend die Hand.

»Ist auch egal. Ich will's nicht wissen. Sag ihr … ach, sag ihr nichts. Also, vielleicht … nein.« Er hob die Schubkarre auf und machte sich daran, die Box einzustreuen.

»Ja gut, also ich geh dann mal …«, versuchte Mika sich aus der Affäre zu ziehen, während sie langsam zurückwich.

»Alles klar! Ist mir auch wirklich egal. Ich bin total drüber weg«, sagte Sam und gabelte dabei das Stroh so schwungvoll aus der Schubkarre, dass es staubte. Mit einem letzten beschwichtigenden Lächeln eilte Mika aus dem Stall, nur weg, bevor es wieder losging. Ein verzweifeltes »Grüß sie von mir!« war das Letzte, das sie hörte, als sie durch den Schnee auf das Gutshaus zustapfte. Mit den Eiszapfen an der Dachrinne und einer dicken Schneehaube auf dem Dach wirkte Kaltenbach wie ein riesiges Lebkuchenhaus.

Mika schob die schwere Holztür auf und sofort umfing sie das warme Gefühl, dass immer in ihr aufstieg, wenn sie das alte Haus betrat. So roch ihr Zuhause: ein bisschen nach Holzfeuer, ein bisschen nach Pferden, ein bisschen nach nassen Klamotten, die über der Heizung zum Trocknen hingen und ein bisschen angebrannt, je nachdem ob Marianne gerade in der Küche war. Für einen Moment stand Mika im Windfang und atmete tief ein. Warum konnte sie dieses Gefühl nicht immer haben? Warum war sie nicht einfach nur glücklich und zufrieden, dass sie endlich hier angekommen war? Sie zog ihre klammen Schuhe aus und tappte zu dem großen Bücherregal in der Eingangshalle, das sie zuvor noch nie eines Blickes gewürdigt hatte. Die staubigen Bücher mit der altdeutschen Schrift auf den Lederrücken versprachen alles andere als unterhaltsame Lektüre. Mika legte den Kopf schief und versuchte die Titel zu entziffern: »Kandaren im Wandel der Zeit« – »Körperbau und Behaarung des Belgischen Kaltbluts« – »Preußische Gestütsgeschichte 1830–1912«. Puh. Mika hörte förmlich die Stimme ihrer Großmutter, die zu jedem dieser Themen problemlos einen zwei- bis dreistündigen Monolog halten konnte. Sie wollte gerade aufgeben, als ihr Blick auf ein dickes aber handliches Buch mit einem fleckigen roten Leineneinband fiel: »Die Kennzeichen der Pferde – Rasse- und Gestütsbrände Europas«. Mika zog das Buch schnell aus dem Regal und verbarg es unter ihrem Pulli. Auf keinen Fall durfte ihre Großmutter sie damit sehen, denn das hätte unweigerlich einen ihrer gefürchteten Vorträge zur Folge.

Just in diesem Moment drang Maria Kaltenbachs klare Stimme an ihr Ohr. Sie stand im Flur und telefonierte. Mika musste unwillkürlich grinsen, denn wie immer schrie ihre Großmutter in den Hörer, als wäre die Person am anderen Ende entweder sehr schwerhörig oder sehr begriffsstutzig oder beides.

»Das freut mich natürlich, aber leider kann ich Ihnen erst im Juni wieder einen Termin anbieten. Nein, leider, da ist wirklich nichts zu machen. Ich nehme Sie gerne auf die Warteliste …«, brüllte Maria gerade und blätterte dabei in einem großen ledergebundenen Terminplaner. Als Mika auf leisen Socken an ihr vorbeihuschte lächelte sie ihr zu, zeigte begeistert auf den vollen Kalender und gab ihr ein Daumen-hoch-Zeichen. Mika lächelte matt zurück. Im Gegensatz zu allen anderen auf Kaltenbach bekam sie beim Anblick des ausgebuchten Kalenders unerklärliche Atemnot. Ihre Kehle schnürte sich zusammen, doch sie kämpfte das unangenehme Gefühl nieder und sprang schnell die Treppe zu ihrem Zimmer hoch. Sie musste jetzt wirklich mit jemandem reden. mit jemandem, dem sie ehrlich sagen konnte, was sie fühlte und der sie nicht falsch verstehen und für undankbar und verantwortungslos halten würde. Sie holte ihren Laptop von dem Sekretär unterm Fenster, lehnte sich in die dicken Kissen ihres knarzenden Himmelbetts und klickte auf Fannys lachendes Gesicht. Es surrte und ächzte minutenlang, als hätte das Signal Schwierigkeiten, den weiten Weg von Kaltenbach nach Paris zu finden. Als Mika gerade aufgeben wollte, erschien Fannys verwackeltes Gesicht auf dem Bildschirm. Unwillkürlich musste Mika grinsen und merkte einmal mehr, wie sehr sie ihre Freundin vermisste.

»Bonschur, altes Maison!«, sagte sie und winkte in die Kamera.

»Seit wann kannst du Französisch?«, grinste Fanny zurück. »Na, wie läuft's? Immer noch der Popstar unter den Pferdeflüsterern?«

Mikas Miene verdüsterte sich und Fanny, die wusste, wie ungern Mika diese Bezeichnung hörte, setzte schnell nach. »Hey, du weißt, was ich meine.«

»Schon gut. Aber wenn du wüsstest, wie die Leute mich manchmal anschauen. Als hätte ich so was wie ein drittes Auge auf der Stirn.«

Fanny nickte todernst. »Dabei ist das nur deine schlimme Akne – aber das ist zum Glück ganz normal in unserem Alter.« Mika legte den Kopf schief. Sie mochte Fannys Humor, aber manchmal war der auch etwas anstrengend – vor allem, wenn Mika etwas auf dem Herzen hatte.

»Sam lässt dich übrigens grüßen«, sagte sie deshalb schnell und tatsächlich wurde Fannys Gesicht ein bisschen ernster.

»Echt? Meinst du, er ist darüber hinweg?«, fragte Fanny hoffnungsvoll.

»So gut wie. Na ja, fast.« Mika zögerte. »Okay, nein. Überhaupt nicht«, gab sie schließlich seufzend zu. Denn egal was Sam sagte, es war ziemlich klar, dass er Fanny noch nicht verziehen hatte. Wie konnte sie einfach einen Schüleraustausch machen – ein ganzes Jahr lang und dann noch 712 Kilometer von ihm entfernt!? Sam verlor sein Herz nicht so schnell, aber mit Mikas Freundin Fanny war ihm das im letzten Sommer passiert. Sie war zwar alles, was er nicht war, aber genau das mochte er an ihr. Und auch Fanny mochte den Stallburschen mit den treuen Augen, aber sie mochte eben auch noch viele andere Dinge: Reisen, Paris, Kultur, Essen! Seit Jahren war ihr klar, dass sie ein Austauschjahr in Paris machen würde, und daran konnte auch Sam nichts ändern.

»Na dann. Grüß ihn auch von mir«, kam es vorsichtig aus Paris zurück. Mika nickte vage, beschloss aber insgeheim, kein Wort zu Sam zu sagen. Unter einer Stunde voll von Sams abwechselnden Beteuerungen von Gleichgültigkeit, Vorwürfen und Liebeskummer würde sie dann nämlich nicht davonkommen. Mika seufzte. Und gegenüber auf dem Bildschirm seufzte Fanny im selben Moment ebenfalls. Die Freundinnen mussten lachen.

»Du zuerst«, sagte Fanny schließlich.

»Ach, ich weiß auch nicht. Ich habe das Gefühl, dass niemand mir zuhört«, begann Mika. »Alle sind so beschäftigt mit dem Hof und –« Sie hielt inne, denn aus den Lautsprechern ihres Laptops kamen plötzlich seltsame Geräusche. Es klang als würde Fanny … knurren?

»Weg! Hau ab! Gehst-du-weg!« Mika stutzte und sah jetzt, wie Fanny auf dem krisseligen Videobild nach etwas trat.

»Alles okay bei dir?«

»Nein!«, kam es keuchend zurück. »Meine Gastschwester hier hat diesen schrecklichen kleinen Hund, eine fiese, kleine Ratte … AUA! Gehst du weg von dem Kabel! AUS!«

Und das war das Letzte, was Mika von ihrer Freundin hörte. Dann wurde das Bild schwarz. Sie starrte noch einige Sekunden verwirrt auf den dunklen Bildschirm, bis ihr klar wurde, dass ihr Gespräch zu Ende war. Wenige Augenblicke später piepte auch schon ihr Handy mit einer SMS von Fanny. »Töle hat sich in Kabel verbissen und im Gegensatz zum Kabel leider überlebt. Sorry. Melde mich bald. Umarmung, Fanny.«

Seufzend klappte Mika ihren Laptop zu, sah aus dem Fenster, vor dem dicke Flocken vom grauen Himmel fielen und fühlte sich mit einem Mal sehr einsam. Heute war einfach nicht ihr Tag.

2. Kapitel

Im Salon des Gutshauses prasselte unterdessen ein gemütliches Kaminfeuer. Maria Kaltenbach, Sam, Herr Kaan und Milan saßen schon um den festlich gedeckten Tisch und waren in ein angeregtes Gespräch über solargespeiste Elektrozäune vertieft, als Mika den Raum betrat. Überrascht hielt sie im Türrahmen inne, als sie sah, dass Marianne das gute Silber und die Kristallgläser gedeckt hatte. Sogar Milan hatte den Versuch unternommen, seine unzähmbaren Locken zu einer ordentlichen Frisur zu bewegen. Tinka und Dr. Anders waren da und der Tierarzt hatte sogar einen Schlips umgebunden. Hatte jemand Geburtstag? Alarmiert sah sie an sich herab und bemerkte im selben Moment den missbilligenden Blick ihrer Großmutter auf ihre gestreifte Schlafanzughose, die sie in dicke rote Wollsocken gestopft hatte.

»Mika, schön dass du es einrichten konntest, so vornehm gekleidet zum Essen zu erscheinen«, sagte Maria trocken, als Mika schnell zu ihrem Platz schlich. Sie sah Sam fragend an, doch der war mit seiner Aufmerksamkeit schon ganz bei seiner Chefin, die jetzt feierlich ihr Glas erhob. »Ich wollte auf diesen besonderen Tag mit euch gemeinsam anstoßen. Nach knapp einem halben Jahrhundert ...«, sie machte eine Kunstpause und sah jeden Einzelnen am Tisch der Reihe nach an. Als sie bei Mika angelangte, glänzten die Augen der sonst strengen Großmutter feucht. »... ist das Gestüt Kaltenbach seit heute wieder schuldenfrei und damit im alleinigen Besitz der Familie.«

»Yeah!«, jubelte Sam und gab Milan neben sich highfive.

»Gestüt und Therapiezentrum Kaltenbach«, korrigierte Herr Kaan sie sanft und Maria lächelte ihn warm an.

»Natürlich!« Sie hob ihr Glas und alle anderen taten es ihr nach. Doch gerade als sie es an die Lippen setzen wollten, fuhr Maria fort. »Und ich wollte mich für eure hervorragende Arbeit und euren nimmermüden Einsatz bedanken. Wir sind ausgebucht bis zum Sommer – und das habe ich euch zu verdanken!« Wieder hoben alle ihre Gläser an die Lippen, doch es ging noch weiter: »Mein ganz besonderer Dank gilt allerdings einem Menschen.« Sie wandte sich an Mika, während die anderen immer noch unsicher ihre Gläser hochhielten, die langsam schwer wurden. »Meiner wunderbaren Enkelin, ohne deren außerordentliche Gabe, wir alle nicht hier wären. Danke dir, Mika!« Alle Augen waren nun auf Mika gerichtet, und auch Maria sah sie erwartungsvoll mit erhobenem Glas an. Mika hatte im Gegensatz zu ihrer Großmutter keine Ahnung, was die Etikette in einem solchen Fall vorsah. Wie immer fühlte sie sich eher unwohl, wenn alles so festlich und förmlich wurde. Deshalb stieß sie ihr Glas an Marias.

»Na dann, prost Oma!«, sagte sie einfach und der ganze Tisch brach erlöst in schallendes Gelächter aus.

»Auf Kaltenbach!« – »Auf die Zukunft!« kam es fröhlich von allen Seiten als die Tischgesellschaft sich zuprostete. »Auf unsere Pferdeflüsterin!«

Keiner am Tisch schien zu bemerken, wie still Mika geworden war und schon bald war um sie herum ein eifriges Gespräch über die Planung des nächsten Tages im Gange. Herr Kaan, Sam und Maria hatten einen Termin in der Stadt, um zwei neue Pferde zu begutachten, und Milan hatte morgen seinen ersten Prüfungstag.

»Wir müssen ja nicht allzu früh aufbrechen«, sagte Maria gerade zu ihm. »Halb sechs reicht völlig. Also Frühstück um fünf, ja, Mika?« Mika, die nachdenklich aus dem Fenster gestarrt hatte, sah Maria erschrocken an. »Wer frühstückt zu fünft?«

Herr Kaan schmunzelte. »Wir. Zu viert.« Er legte Maria beschwichtigend eine Hand auf den Arm. »Ich finde, Mika hat sich morgen einen freien Tag verdient. Es ist Samstag, wir haben keine Aufnahme und die Pferde anzuschauen, schaffen wir auch ohne sie. Es sei denn, Milan braucht seelischen Beistand?« Er sah Milan fragend an, der lächelnd den Kopf schüttelte.

»Ich komm schon klar. Und wie ich Mika kenne, ist sie eh nicht scharf drauf, den Tag ausgerechnet in einem Schulgebäude zu verbringen.« Mika sah ihn dankbar an. Ein freier Tag! Sie fühlte förmlich, wie ihr die Vorfreude das Herz öffnete.

»Na gut«, grummelte Maria Kaltenbach. »Wenn du wenigstens ans Telefon gehst und die Elektropost-Anfragen beantwortest. Dazu bin ich heute nicht mehr gekommen.

Marianne hat sich böse in den Finger geschnitten und musste verarztet werden.« Marianne, die gerade den Tisch abräumte, sah überrascht auf ihre völlig intakten Finger.

»Natürlich!«, beeilte Mika sich, die nur zu genau wusste, dass ihre Großmutter ihren neuen Computer nicht mit einer zwei Meter langen Mistgabel anfassen würde. Doch die Ausreden, die die alte Dame dafür jeden Tag aufs Neue fand, waren immerhin kreativ.

Als Mika später in ihrem Zimmer im Bett lag, konnte sie kaum noch verstehen, warum sie heute so missmutig gewesen war. Der Wetterbericht auf dem Display ihres Handys zeigte für Morgen eine strahlende Sonne. Sie konnte ausschlafen und es warteten auch keine neurotischen Pferdebesitzer, die ihr das Ohr abkauten, warum ihre Pferde nicht zuhörten, während es in Wirklichkeit immer andersherum war. Gerade als sie das Licht ausmachen wollte, fiel ihr Blick auf das rote Buch, das immer noch auf dem Stuhl unter ihren Klamotten lag. Durch das Gespräch mit Fanny hatte sie das Buch völlig vergessen.

Sie stand auf, setzte sich an den Tisch und knipste die Schreibtischlampe an. Sie nahm einen Bleistift und fischte einen alten Briefumschlag aus dem Papierkorb. Auf dem Absender erkannte sie die geschwungene Handschrift ihrer Mutter und musste kurz lächeln. In diesem Punkt war Elisabeth ihrer Mutter Maria ähnlich: Auch sie hatte nur wenig übrig für moderne Kommunikationsformen. Auch wenn der Rest der Welt sich per Facebook und E-Mail austauschte, schrieb sie Mika zuverlässig jede Woche einen richtigen Brief. Auf Papier und mit Füllfederhalter. Nachdenklich sah Mika aus dem Fenster auf den dunklen, schneebedeckten Hof und versuchte, sich Ostwinds Brandzeichen vor ihr inneres Auge zu holen. Aus Ostwinds Narbe wurde plötzlich eine Form. Sorgfältig übertrug sie das Zeichen aus ihrer Erinnerung auf die Rückseite des Umschlags. Ein Kreis, von dem strahlenförmig dünne, geschwungene Linien ausgingen. Und darunter zwei gewellte Linien, die parallel zueinander verliefen. Mika betrachtete stirnrunzelnd die fertige Zeichnung. War das … eine Sonne? Mit Wellen darunter? Mika zog das Buch zu sich heran, schlug es auf und musste erst einmal herzhaft niesen, als ihr der staubige Geruch in die Nase stieg.

Zwei Stunden später war sie auf Seite 296 angekommen. In ihrem Kopf schwirrten so viele Zeichen und Symbole, als hätte sie ein Ägyptologie-Studium im Schnelldurchlauf absolviert. Doch sie hatte nichts gefunden, was der Sonne auf Ostwinds Flanke auch nur ähnelte. Wahrscheinlich war der modrige Wälzer einfach zu alt. Mika gähnte. Sie knipste die Schreibtischlampe aus und wollte das Buch gerade zuklappen, als ihr etwas einfiel. Milan hatte gesagt, dass 34 aus Österreich stammte. Sie hatte die letzten Stunden alle Brandzeichen deutscher Gestüte studiert, aber was, wenn Ostwind gar nicht aus Deutschland kam? Sie knipste die Lampe wieder an und blätterte weiter. Österreich. Schweiz. Italien. Nichts. Spanien. Schon fast im Halbschlaf blätterte Mika eine vergilbte Seite nach der anderen um und hätte es beinahe übersehen. Doch plötzlich war sie mit einem Schlag hellwach. Und spürte, wie ihr eine Gänsehaut über die Arme kroch. Da war es. Am unteren Ende der Seite in einem unscheinbaren grauen Kästchen. Mika beugte sich vor und schob den zerknitterten Briefumschlag mit ihrer Bleistiftzeichnung neben die Abbildung. Das war Ostwinds Brandzeichen. Und es war keine Sonne, wie sie jetzt feststellte, sondern eine Blume. Mika musste mehrmals blinzeln, um ihre müden Augen auf die winzige Bildunterschrift scharfzustellen. »Die Silberdistel von Ora«, las sie leise. »Brandzeichen des gleichnamigen Gestüts. Cádiz, Andalusien.« Mika blätterte um. Außer dem verblichenen Schwarz-Weiß-Foto eines alten herrschaftlichen Hauses war das alles, was an Information zu finden war. Sie lehnte sich zurück. Andalusien. Wie konnte das sein? Gleich in der Früh musste sie ihre Großmutter fragen. Und Herrn Kaan! Mika sah auf die Uhr. Viertel nach vier – es war praktisch schon Morgen. Sie knipste die Schreibtischlampe aus und kroch ins Bett. »Ora. Andalusien«, murmelte sie schlaftrunken, bevor sie zum ersten Mal seit Langem mit einem Lächeln auf dem Gesicht einschlief.

Als Mika am nächsten Morgen die Augen öffnete, sah sie in die strahlende Sonne. Nach dem wochenlangen frostigen Dauergrau wirkte dieser Anblick aufmunternder als ein dreifacher Espresso! Mika kletterte aus dem Bett und öffnete das Fenster sperrangelweit. Sie spürte die klare, kalte Luft auf ihrer Haut und blinzelte in das helle Licht der Wintersonne, das die Eiskristalle der dicken Schneedecke magisch glitzern ließ. Der Himmel darüber war tiefblau und wolkenlos und Mika wusste genau, wie und mit wem sie ihren freien Tag heute verbringen würde!

Als sie eine halbe Stunde später nach unten kam, musste sie enttäuscht feststellen, dass die anderen schon aufgebrochen waren. Sie hätte Milan für seine Prüfung gerne noch Glück gewünscht und ihre Großmutter zu Ostwinds rätselhaftem Brandzeichen befragt, aber die Küche war leer und auf dem Tisch stand nur ein einsamer Teller. Mika ließ sich auf ihren Platz neben dem großen Kachelofen fallen und sah erst jetzt den Zettel, der auf dem Teller lag. »Wollte dich nicht wecken. Weiß, dass du mir Glück wünschst. Danke! Milan.« Mika grinste. Er kannte sie wirklich schon ziemlich gut. Sie las weiter. »P. S. Bitte bring 34 gleich nach dem Frühstück in die Box. Ich hab das Gefühl, dass es heute passiert. P. P. S. Pass gut auf sie auf. P. P. P. S Danke!« Immer noch grinsend schob Mika den Zettel in die Tasche und griff ein Hörnchen aus dem Brotkorb. Sie biss so herzhaft in hinein, dass die Erdbeerfüllung an allen Seiten herausquoll. Aber das war egal. Sie war ganz allein hier und heute war ihr wundervoller, freier Tag!

Wie ein Schneefloh hüpfte Mika wenig später in ausgelassenem Zickzack den verschneiten Feldweg zu Ostwinds Koppel entlang. Als sie bei der Koppel ankam bot sich ihr dasselbe Bild wie die Tage zuvor: Im Unterstand stand Ostwind schützend neben 34. Er blickte auf, als Mika mit dem Halfter der Stute über das Gatter kletterte, kam ihr aber nicht wie sonst entgegen. Als Mika bei den Pferden ankam, spürte sie die Unruhe, die von 34 ausging. Sie tänzelte neben Ostwind auf und ab, der neben ihr stand wie ein Fels in der Brandung, ihr aber jedes Mal folgte, wenn sie zur Seite trat. Mika strich ihr sanft über den warmen Rücken und den prallen Bauch. »Hey 34! Ich bring dich jetzt hoch, okay?« Mika wollte ihr das Halfter anlegen, doch die Stute wich ihr energisch aus. Auf der anderen Seite schnaubte Ostwind und drückte sich dichter an das weiße Pferd und wieder wich 34 zurück. Es war, als fühlte sie sich gefangen zwischen Mika und Ostwind, während sie einfach ihre Ruhe wollte. Mika trat zurück und beobachtete die beiden Pferde noch eine Weile. Jetzt spürte sie es ganz deutlich: Die Stute wollte allein sein. Und wenn jemand dieses Gefühl verstand, dann Mika.

»So viel Fürsorge, das packt nicht mal ein schwangeres Pferd, was?«, sagte sie leise und die Stute sah sie aus ihren hellen Augen hilfesuchend an. Liebevoll kraulte Mika Ostwinds Ohren, die immer noch wie zwei Antennen auf 34 gerichtet waren. »Vielleicht braucht 34 heute auch mal einen freien Tag?«, schlug sie sanft vor. Ostwind scharrte trotzig mit den Hufen. Auf seine Art verstand er, was Mika meinte – auch wenn sie nicht immer einer Meinung waren. Mika stellte sich wieder zwischen die Pferde und als 34 kurz darauf in das warme Sonnenlicht hinaustrat, hielt sie Ostwind mit sanftem Druck davon ab, ihr zu folgen. Mit einem erleichterten Schnauben streckte die Stute ihren schlanken Kopf in die Sonne und trabte dann mit erhobenem Schweif durch den pudrigen Tiefschnee ans andere Ende der Koppel. Ostwind wieherte fast empört, aber er blieb stehen. Er schaute zu 34, die jetzt zufrieden unter der alten Eiche stand, einen langen Grashalm aus dem Schnee zog und genüsslich darauf herumkaute. Fragend sah er Mika an. Mika legte den Kopf schief. »Na komm. Wir geben ihr eine Stunde Ruhe. Ich weiß die perfekte Ablenkung für dich … und mich«, sagte sie vergnügt und hängte das Halfter entschieden an einen Haken.

Als Mika kurze Zeit später auf Ostwinds Rücken durch den knirschenden Schnee ritt, hatte sich der Stein, der sich seit einigen Wochen auf ihrem Herzen häuslich eingerichtet hatte, in ein Sandkorn verwandelt. Endlich saß sie auf ihrem Pferd und strich gemeinsam mit ihm durch den verschneiten Wald. Sie spürte den warmen Pferderücken unter sich, spürte ihre Energie, die sich schon nach wenigen Schritten mit Ostwinds synchronisiert hatte. Sie sog die kalte Waldluft ein und genoss jeden Sonnenstrahl, der schräg durch die Bäume fiel und ihre Nase kitzelte. Dieses Gefühl der grenzenlosen Freiheit hatte sie so lange vermisst und es ließ Mika alles vergessen. Auch die Zeit. Waren sie eine halbe Stunde unterwegs – oder waren es schon drei? Wie immer hatte sie nicht auf den Weg geachtet, denn das war Ostwinds Aufgabe, dessen Orientierungssinn besser war als jedes Navigationsgerät. Als sie nach einiger Zeit bemerkte, dass der Hengst unruhig wurde, war das wie immer das Signal, umzukehren. Gerade wollte sie ihm das mit einem leichten Druck ihres Beins mitteilen, als sie durch die Bäume etwas blitzen sah. Ostwind hatte es im selben Moment gesehen und seine Nüstern blähten sich erwartungsvoll.

»Hier sind wir also. Wenn das so ist, dann könnten wir ja noch eine Runde …? Was meinst du?« Ostwinds Antwort kam prompt. Er beschleunigte seinen Schritt, denn da vorn war der Wald zu Ende und nun lag eine weite Ebene vor ihnen. Eine perfekte Galoppstrecke, mindestens fünf Kilometer ununterbrochen nur Wiese, die jetzt unter einer jungfräulichen Schneedecke vor ihnen lag. Ja, sie waren schon lange unterwegs – aber diesem Anblick konnten sie nicht widerstehen. Mika spürte, wie Ostwind sich unter ihr spannte und mit seinem ersten Galoppsprung schoss ihr das Adrenalin ins Blut, und sie vergaß alles um sich herum. Sie flog. Sie bemerkte nicht, wie dunkle Wolken sich vor die Sonne türmten. Spürte nicht den Wind, der um einiges heftiger wurde und hörte nicht das unheilvolle Grollen eines nahen Donners. Aber beide sahen den Blitz. In einer fließenden Bewegung grub Ostwind seine Hinterbeine in den Schnee und drehte sich um. Zusammen blickten sie zurück über die weite Ebene und jetzt sah Mika den schwarzen Himmel. Mit einem Mal war es fast so dunkel um sie, als wäre es Abend, dabei konnte es kaum später sein als Mittag. Mika überkam ein ungutes Gefühl. Sie waren fast zwei Stunden von Kaltenbach entfernt und so einen Himmel hatte sie noch nie gesehen. Plötzlich kam ein eisiger Wind auf. Er riss an ihren Haaren und fuhr in Ostwinds Mähne. Der nächste Donner war ihr Startsignal. Ostwind stieg auf die Hinterbeine und galoppierte dann wie vom Teufel gejagt zurück über die leere schneebedeckte Weite. Mikas klamme Finger krallten sich in seine vertraute Mähne, doch diesmal hatte der wilde Ritt nichts Rauschhaftes. Mika spürte Ostwinds Angst. Oder war das ihre eigene?

Endlich erreichten sie den schützenden Wald – doch der Sturm war schon da. Ein ohrenbetäubendes Krachen zerriss die Luft und gleichzeitig zuckte ein Blitz über den düsteren Himmel. Hart prasselte der Regen auf sie nieder und durchnässte sie in Sekundenschnelle bis auf die Knochen. Mit all seiner Kraft stemmte sich Ostwind in den Gegenwind, doch in dem unwegsamen Gelände kamen sie nur quälend langsam voran. Mika duckte sich tief über seinen Hals, als er immer wieder schwankenden Bäumen auswich. Ihre Beine klammerten sich erschrocken an Ostwinds nassen Brustkorb und sie schrie laut auf, als eine dürre Birke durchs Unterholz krachte und knapp hinter ihnen aufschlug. Wie ein tollwütiges Ungeheuer tobte der Sturm durch den Wald und brach den Bäumen das Genick.

Es war fast ein Wunder als Mika und Ostwind völlig erschöpft und durchnässt Stunden später die Koppel erreichten. Die Wut des Gewitters hatte nun etwas nachgelassen und es war weiter Richtung Norden gezogen. Kraftlos ließ Mika sich von Ostwinds Rücken gleiten. Sie hob den Kopf um zu sehen, ob der Sturm den Unterstand der Pferde zugesetzt hatte und war erleichtert als sie sah, dass die stabile Holzkonstruktion unversehrt geblieben war.

»Na, hoffentlich ist 34 nicht allzu nass geworden«, sagte sie und stützte sich müde an Ostwinds Seite. Zu ihrer Überraschung war der Hengst noch immer voller Anspannung. Sie fühlte wie sein Herz hart gegen seine Rippen schlug. Und plötzlich überfiel auch sie ein schreckliches Gefühl der Vorahnung. Mika riss den Kopf herum.

»34?«, schrie sie über die Koppel, doch die Stute antwortete nicht wie sonst mit ihrem hellen, ein bisschen heiserem Wiehern. Es blieb absolut still. Erst jetzt registrierte sie den Jeep, der quer über dem Feldweg stand und sah sich verwirrt um.

»Was …?«, begann sie, doch im selben Augenblick stieß Ostwind neben ihr ein herzzerreißendes Wiehern aus und sie fuhr herum. Und sah 34. Sie lag leblos im Schnee, begraben unter einer Hälfte der alten Eiche, die der Blitz sauber in der Mitte gespalten hatte. Und neben ihr kauerte Milan. Er hatte ihren weißen Kopf auf seinem Schoß. Ein eiserner Ring schloss sich um Mikas Herz. Das konnte nicht wahr sein. Es durfte nicht wahr sein. Mit jedem Schritt, den sie auf Milan und die Stute zuging, hoffte sie, aufzuwachen aus diesem Albtraum.

»34?«, stammelte Mika als sie neben Milan auf die Knie fiel, dessen Gesicht fast weißer war als der Schnee. Er streichelte den reglosen Kopf der Stute. Mika sah die Tränen, die ihm über das Gesicht liefen und wusste in dem Moment: Das hier war kein Traum. Sie würde nicht aufwachen. Es war zu spät. 34 war tot.

Mika rang nach Luft. Sie sah zu Ostwind, der jetzt wie ein Wahnsinniger über die Koppel buckelte. Sie wollte etwas tun, aber sie wusste nicht was. Sie wollte etwas zu Milan sagen, doch sie wusste nicht was. Reglos saß sie neben ihm und seinem toten Pferd im Schnee. Alles was sie fühlte war ein dumpfer, lähmender Schmerz, der sich langsam in ihrem ganzen Körper ausbreitete.

Wie durch Watte drang von irgendwoher eine Stimme an ihr Ohr.

»Ich brauche eine Decke! Schnell, Mika, deine Jacke. MIKA!«

Es dauerte einen Moment bis sie begriff, woher die Stimme kam. Von Herrn Kaan, der neben dem Stamm der geborstenen Eiche am Boden kniete. Sein sonst so gleichmütiges Gesicht war rot vor Kälte und Anstrengung. Mika verstand nicht, was er von ihr wollte. Schließlich sprang der alte Mann auf, ging zu Mika und zog ihr mit ruhigen Griffen ihre dicke Daunenjacke aus. Mika ließ es willenlos geschehen. Sie sah ihm nach, als er mit drei schnellen Schritten zurück am Fuß der Eiche war und ihre Jacke sorgfältig über etwas ausbreitete. Einem dunklen Bündel, das da in einer geschützten Kuhle aus großen Wurzeln lag. Mika richtete sich auf und sah jetzt, wie sich ihre Jacke über dem Bündel schnell hob und senkte. Es war kein Bündel. Es war ein Fohlen. Und es atmete.

3. Kapitel

Ein einsamer Donnerschlag bebte in weiter Ferne, längst war das Gewitter weitergezogen. In der winterlichen Dämmerung des Gutshofs kletterte Doktor Anders gerade aus einem Pferdehänger, in dem das Fohlen unter einer goldenen Rettungsdecke zitternd im Stroh lag. Es sah sehr klein aus auf der großen Ladefläche. Sorgenfalten standen auf der Stirn des sonst so fröhlichen Tierarztes, als er behutsam die Tür verriegelte und sich umdrehte, wo ihn fünf Augenpaare hoffnungsvoll ansahen. Im Halbkreis um den Anhänger standen benommen: Maria Kaltenbach, Herr Kaan, Sam, Milan und etwas abseits Mika. Noch konnte keiner so richtig glauben, was für ein entsetzliches Drama sich am Nachmittag ereignet hatte. Besonders Milan saß der Schock sichtbar in den Gliedern. Dr. Anders sah sie ernst an.

»Das Fohlen ist stark unterkühlt und sehr schwach auf den Beinen. Ich denke nicht, dass es die Nacht überleben wird«, sagte er leise. »Ich werde natürlich tun was ich kann, aber es ist besser, ihr macht euch nicht zu viel Hoffnung.« Keiner sagte ein Wort. Herr Anders, das wussten sie alle, war ein optimistischer Mann, der immer alles positiv sah. Wenn er keine Hoffnung hatte, dann gab es wenig. Maria fand als Erste die Worte wieder.

»Danke, Andreas«, sagte sie schwer und legte ihm eine Hand auf die Schulter. Herr Anders nickte knapp, als wisse er nicht recht wofür, und stieg dann in seinen Wagen. Stumm sahen alle dem Anhänger nach, wie er durch das schummrig beleuchtete Tor holperte und dann in der Dunkelheit verschwand.

»Ich fasse es nicht. Heute Morgen war noch alles … und jetzt?«, stammelte Sam, der die Schreckensnachricht gerade erst erhalten hatte. Und dann stellte er die Frage, die die ganze Zeit wie eine düstere Wolke über ihnen gehangen hatte.

»Wieso war 34 überhaupt noch auf der Koppel?«

Milan, der apathisch auf den Boden gestarrt hatte, hob langsam den Kopf. Seine dunklen Augen funkelten gefährlich: »Frag Mika.« Es klang, als würde er die Worte ausspucken. Dann drehte er sich um und stapfte, ohne Mika eines Blickes zu würdigen, über den Hof davon. Alle Augen richteten sich nun auf Mika, die kreidebleich war und alles um sie herum nur verzögert wahrnahm.

»Was?«, fragte sie schwach, als sie die Blicke der anderen spürte. Doch Sam stellte die Frage nicht noch einmal. Mikas Gesicht war Antwort genug. Sie sah Milan nach, dann rannte sie unvermittelt los und stieß Sam dabei fast um. »Warte!«

Herr Kaan und Frau Kaltenbach sahen den beiden sorgenvoll nach.

»Es tut mir leid«, stieß Mika atemlos hervor, kurz bevor sie Milan auf dem Hof eingeholt hatte. »Ich hätte da sein sollen.« Doch er ging einfach weiter. »Milan! Bitte!« Mikas

Stimme zitterte. Sie blieb stehen und biss sich auf die Lippe, um den Schmerz nicht hinauszuschreien. Milan war jetzt stehen geblieben. Er drehte sich nicht um und schien auf etwas zu warten. Eine Erklärung. Aber plötzlich war Mika klar, dass alles was sie sagen konnte, lächerlich klang. Es würde ihn nicht trösten, dass 34 allein sein *wollte*. Es würde ihn nicht trösten, dass der Wetterbericht nichts von einem Sturm gesagt hatte. Und es würde ihn sicher nicht trösten, dass Mika alles getan hätte, um es ungeschehen zu machen. Und deshalb sagte sie nichts. Stattdessen ging sie auf ihn zu und berührte seine Schulter. Milan zuckte zusammen, als hätte er sich verbrannt. Er drehte sich um und sah sie aus leeren Augen an. Eine ungewohnte Härte lag in seiner Stimme, doch für einen Augenblick war Mika einfach froh, dass er mit ihr redete.

»Ich kann dich gerade nicht mal anschauen. Lass mich einfach in Ruhe«, presste er hervor, dann drehte er sich ohne ein weiteres Wort um und ließ sie stehen. Und Mika wusste, dass sie heute nicht nur 34 verloren hatte.

Als Mika zurück zu den Stallungen kam, war niemand mehr da. Herr Kaan war auf dem Nachhauseweg und die hell erleuchteten Fenster des Gutshauses verrieten, dass Maria versuchte, das Dunkle des Tages mit Festbeleuchtung zu verdrängen. Die vertrauten Geräusche aus dem Stall sagten Mika, dass Sam bereits mit der Abendfütterung begonnen hatte. Die anderen zeigten es zwar nicht so offen wie Milan, doch Mika spürte, dass auch sie sich schwer taten, ihr in die Augen zu schauen. Herr Kaan und ihre Großmutter hatten zwar immer wieder versichert, dass Mika keine Schuld traf und dass solche Unfälle einfach passierten, aber nicht einmal Mika selbst glaubte das. Sie war vielleicht nicht schuld, aber sie war verantwortlich.

Trauer hatte viele Gesichter. Milan war wütend, Frau Kaltenbach ignorierte den Schmerz, Herr Kaan zog sich zum Meditieren zurück und Sam rumorte seit Stunden in der Sattelkammer, wo er schon 23 Sättel und 29 Trensen auf Hochglanz poliert hatte. Und Mika? Wenn es ihr schlecht ging, war ihr erster Instinkt immer gewesen: Flucht. In dieser Nacht war sie einsamer und trauriger als je zuvor in ihrem Leben. Am liebsten wäre sie mit Ostwind ganz weit weggerannt. Sie hatten den Hengst mit Mühe und Not in eine Box gebracht, da er auf der Koppel völlig durchgedreht war und Dr. Anders Angst hatte, dass er sich verletzten würde. Mika hatte ausnahmsweise nicht protestiert. Ihre Meinung interessierte im Moment ohnehin niemanden. Sie hörte sein wütendes Wiehern, noch ehe sie die Stalltür ganz aufgeschoben hatte. Es kam aus der letzten Box im Stall. Derselben Box, in der Mika Ostwind vor über zwei Jahren gefunden – und damit ihre beiden Leben für immer verändert hatte. Wie in dieser Nacht vor zwei Jahren tobte der Hengst in seinem vergitterten Gefängnis. Immer wieder krachten seine Hufe gegen das Holz, wenn er ausschlug, immer wieder drehte er sich schnaubend um die eignen Achse, stieg verzweifelt auf die Hinterbeine. Der Anblick zerriss ihr fast das Herz. Langsam ging Mika auf die Box zu. Und tatsächlich wurde Ostwind ruhiger, als er ihre Anwesenheit spürte.

»Hey, ich bin's doch nur«, flüsterte sie und hielt ihre Finger durch die Gitterstäbe. Doch anstatt wie immer seine weiche Pferdenase in ihre Hände zu legen, stand er einfach nur da und sah sie aus weit aufgerissenen Augen an. Seine Nüstern bebten. »Es tut mir so leid«, stammelte Mika hilflos. Sie schob den Riegel der Box auf und ging auf ihn zu. Zwar spürte sie seinen Widerstand wie eine unsichtbare Wand, doch sie brauchte jetzt den Trost seines warmen, vertrauten Fells unter ihren Fingern. Langsam streckte sie die Hand nach ihm aus, aber dann geschah etwas, das Mika noch vor sechs Stunden für unmöglich gehalten hatte: Ostwind wandte sich von ihr ab. Er drehte sich weg und sein kräftiges Hinterteil versetzte ihr dabei einen so heftigen Stoß, dass sie unsanft gegen die Wand der Box stolperte.

Als Sam drei Stunden und 61 Sättel später weit nach Mitternacht aus der Sattelkammer kam, erschrak er heftig, als er die Gestalt sah, die zusammengekauert in der Dunkelheit vor der Sicherheitsbox saß. Langsam schlich er näher und erkannte Mika, die vor Ostwinds Box auf dem harten Stallboden lag und unruhig schlief. Sie hatte eine hässliche Schürfwunde auf der Wange und Sam konnte sehen, dass sie geweint hatte. Er spähte durch die Gitterstäbe in die völlig verwüstete Box und sah, dass Ostwind wie früher ganze Arbeit geleistet hatte. Auch er erinnerte sich noch gut an die Zeit, in der dieses sanftmütige Pferd mit den goldenen Augen ihm eine Heidenangst eingejagt hatte. Jetzt war der Hengst zwar immer noch unruhig, aber auch in ihm hatte der Gewittersturm allmählich an Kraft verloren. In diesem Moment seufzte Mika traumtrunken und Sam schlich hastig davon, damit sie nicht aufwachte.

Noch bevor die Sonne aufgegangen war, schlug Mika ihre Augen auf. Sie hatte zwar geschlafen, aber sie spürte jeden Knochen in ihrem Körper. Es war mucksmäuschenstill im Stall und für einen kurzen Moment hoffte sie wieder, dass der gestrige Tag nur einer ihrer lebhaften Träume gewesen war. Doch die brennende Schramme auf ihrer Wange war immer noch da. Sie zog sich an der Gitterbox hoch und sah Ostwind, der von ihr abgewandt mit gesenktem Kopf in der hintersten Ecke stand. Mika rieb sich den Schlaf aus den Augen und öffnete vorsichtig die Box. Sie spürte, dass ihr diesmal keine Gefahr drohte.

»Besser?«, fragte sie sanft, doch Ostwind regte sich nicht. Mika strich mit ihrer Hand leicht über seinen Rücken vor zu seinem Kopf. Der Hengst stand ganz still da. Für einen Moment dachte sie, er würde vielleicht schlafen, doch als sie seine Augen sah, erschrak sie. Seine lebendigen goldbraunen Augen waren matt und leblos geworden und starrten apathisch ins Leere. »Ostwind?« Mika hielt ihm einen kleinen Apfel hin, den sie in ihrer Tasche fand. Doch er reagierte nicht. Behutsam als wäre er ein rohes Ei, legte Mika den Apfel auf einen Holzvorsprung. Sie spürte, wie ihr schon wieder die Tränen kamen.

»Dann vielleicht für später«, sagte sie mit brechender Stimme.

Es war ein wolkenverhangener Morgen. Die Sonne kämpfte sich durch das dicke, eintönige Wintergrau des Himmels. Der Sturm hatte die Schneeschicht, die gestern noch alles glitzernd bedeckte, über Nacht in Matsch verwandelt. Immerhin sah der Hof, über den Mika jetzt ging, nun genauso trüb aus, wie sie sich fühlte. Sie hoffte, dass auch Milan sich über Nacht ein bisschen beruhigt hatte und war auf dem Weg zu ihm, um ihm all das zu sagen, wofür ihr gestern die Worte gefehlt hatten. Sie hatte sich bereits bei ihrer viel beschäftigen Großmutter nach dem Zustand des Fohlens erkundigt, doch noch immer gab es keine Neuigkeiten. Voller Anspannung überquerte sie den Hof und bog um die Ecke zu dem kleinen, aus einfachen roten Backsteinen gemauerten Austragshaus, wo Milan seit dem Sommer ein Zimmer bewohnte und wo sie viele Nachmittage zusammen verbracht hatten. Das schlichte Nebengebäude lag unmittelbar hinter den Stallungen. Es gab dort neben einer kleinen Wohnküche und einem winzigen Duschbad fünf Zimmer: drei davon waren für Gäste, in dem anderen Zimmer wohnte Sam und nun war auch Milan eingezogen. Die beiden Jungs verstanden sich gut als Nachbarn – auch wenn Sam Milan manchmal mit seinem ausgeprägten Ordnungssinn auf die Nerven fiel, weshalb der ihn liebevoll »Mutti« nannte.

Leise öffnete Mika die Tür des Austragshauses, um Sam nicht zu wecken. Unwillkürlich musste sie lächeln als sie sah, dass der enge Flur vor Milans Tür nicht wie sonst immer voller Schuhe, Jacken und Pferdezubehör lag. Offenbar hatte Samuel alias »Mutti« mit seinen dauernden Ermahnungen endlich Erfolg gehabt. Mika holte noch einmal tief Luft, dann klopfte sie dreimal schnell hintereinander leise an Milans Tür. Das war ihr Signal. Sie lauschte, wartete auf Milans vertraute Schritte. Aber es rührte sich nichts. Sie klopfte noch einmal. Diesmal etwas fester. Doch wieder hörte sie kein Geräusch hinter der verschlossenen Tür. Sie drückte die Klinke herunter und schob die Tür langsam auf. »Milan?«, fragte sie leise – und sah im selben Moment, dass sie keine Antwort bekommen würde. Denn Milan war nicht da. Und auch nichts, was ihm gehörte.

Reglos stand Mika inmitten des holzvertäfelten Zimmers, das jetzt so ordentlich aufgeräumt war, als würde es schon auf den nächsten Bewohner warten. Alles war weg: seine Bücher, das kleine Holzpferd, das Herr Kaan ihm geschenkt hatte, und Sams alte Lederjacke, die dieser ihm vor ein paar Monaten offiziell vermacht hatte. Und dann sah Mika den Fichtenzapfen, der einsam auf dem Nachttisch stand. Sie sank auf das Bett und drehte den Zapfen traurig in ihren Händen. Als sie sich im Sommer kennengelernt hatten, hatte Mika dem damals noch wildfremden Jungen den Zapfen an den Kopf geworfen. Milan hatte ihn aufgehoben, weil er ihm, wie er sagte, trotzdem Glück gebracht hatte. Und jetzt hatte er ihn hier gelassen und war ohne ein Wort verschwunden.

Auch auf Herrn Kaans bescheidenem Anwesen hatte der Sturm sein Unwesen getrieben. Gebrochene Äste lagen überall um den schneebedeckten Wohnwagen verstreut und das massive Eisenregal, in dem er seine Schnitzereien aufbewahrte, war umgekippt. Kaan war dennoch froh, dass nicht mehr zu Bruch gegangen war. Er liebte sein Zuhause sehr und der alte Bauwagen hatte schon vielen Stürmen getrotzt. Er räumte gerade die Sturmschäden auf, als er Schritte hörte.

»Mika«, stellte er ruhig fest, ohne sich umzudrehen. Statt einer Antwort seufzte es schwer hinter seinem Rücken. Doch noch bevor Mika etwas sagen konnte, sprach er weiter.

»Du kannst mir mit dem Totholz helfen. Ich werde es trocknen und zum Heizen verwenden.« Er drehte sich um und lud die Äste, die er bereits aufgesammelt hatte, auf ihren Arm. Mika sah ihn verwirrt an. »Stapel es am besten da in der Ecke«, sagte er und deutete auf eine Stelle neben der Holzhütte die sein improvisiertes Badezimmer beherbergte. Kaan wusste, dass eine klare Aufgabe gerade das beste Mittel war, um Mika aus ihrer Ohnmacht herauszuhelfen. Und wie immer hatte er recht. Ohne ein weiteres Wort tat Mika, was ihr Meister ihr aufgetragen hatte und für eine Weile stapelten sie schweigend Seite an Seite das Holz vor dem kleinen Schober. Mika fühlte, wie die Taubheit langsam aus ihrem Kopf wich und etwas anderem Platz machte. Zorn. Ohne dass sie es merkte, ließ sie plötzlich einen Ast auf den anderen krachen. »Mika! Mach langsam!«, ermahnte Herr Kaan sie, doch in Mika brodelte es immer heftiger. Ostwind. Milan. 34. Das Fohlen. Und wie war es überhaupt soweit gekommen? Der Ast, den sie gerade aufgehoben hatte, zerbrach in ihrer Hand.

»Ich wünschte, ich hätte diese Scheißgabe nie entdeckt. Dann wäre das alles nie passiert«, brach es unvermittelt aus ihr heraus. Kaan kniete sich zu ihr in den Schnee, nahm ihr behutsam den Ast aus der Hand und sah sie ruhig an. Was raus musste, musste raus – das war immer schon seine Devise.

»Ich hab mich so gefreut. Endlich hier zu sein. Hier zu bleiben. Mit Ihnen zu arbeiten. Aber ich kann das nicht. Ich wollte gestern einfach weg, nur für ein paar Stunden. Die ganzen Leute vergessen, die mich anschauen, als wäre ich … ein seltsames Tier mit drei Köpfen!« Mikas Stimme versagte für einen Moment. Sie griff in den Schnee und ließ ihn durch ihre geröteten Finger rieseln. »Und jetzt ist 34 tot, ihr Fohlen auch, Milan ist weg und Ostwind ist … es ist alles meine Schuld.« Sie gab einen gequälten Seufzer von sich und vergrub ihre Hände in ihrem Gesicht. Herr Kaan strich ihr sanft über die Haare.

»Mika, es ist nicht deine Schuld. Niemand hat dieses Unwetter vorhergesehen. Selbst die Meteorologen haben sich getäuscht. Die Natur ist gnädig und grausam zugleich. Sie gibt Leben und sie nimmt es. Je früher wir das akzeptieren, umso besser.«

Hilflos sah Mika ihn an. »Aber was sollen wir denn jetzt machen? Was soll aus Ostwind werden? Er kann doch nicht mehr zurück auf seine Koppel! Nicht nach dem, was passiert ist. Er steht jetzt in dieser Box, als wäre er gar nicht da. Seine Augen sind ganz stumpf und … und …«, wieder überkam Mika eine Welle der Verzweiflung. Ihre Lippen bebten und Herr Kaan nickte mitfühlend. Dann packte er sie fest an den Schultern und half ihr aufzustehen. »Na komm. Lass uns einen Tee trinken, bevor du dich erkältest.«

Kurz darauf saß Mika mit einer dampfenden Tasse vor dem kleinen bullernden Holzofen in Herrn Kaans Wohnwagen. Der alte Mann hatte ihr eine Decke um die Schultern gelegt und Mika fühlte sich schon ein kleines bisschen besser. Sie schnäuzte laut in ein Taschentuch und Herr Kaan schmunzelte bei dem undamenhaften Geräusch. »Gut so. Raus damit. Alles raus«, sagte er und war froh über das kleine Lächeln, das nun über Mikas Lippen huschte.

Er saß im Schneidersitz neben ihr auf dem Boden auf einem Fell und schürte mit geübtem Griff den kleinen Ofen ein.

»Weißt du, vor … ach, ewigen Zeiten war ich auch mal an so einem Punkt wie du jetzt. Ich war völlig verzweifelt damals und hatte das Gefühl, einen Riesenfehler gemacht zu haben. Das war, als wäre meine Welt über mir eingestürzt.« Mika sah ihren alten Meister überrascht an. Er redete eigentlich nie über sich und seine Vergangenheit und er kam ihr immer so ausgeglichen und weise vor. Sie konnte sich nicht vorstellen, dass er verzweifelt war oder Fehler machte. Sie wartete einen Moment, ob er weiterreden würde, aber die Erinnerung hatte ihn für einen Moment weit weg geholt.

»Und was haben Sie dann gemacht?«, hakte sie schließlich behutsam nach. Herr Kaan schüttelte den Kopf und schloss dann energisch die Ofentür. »Ich bin weggegangen. Wenn man zu nah an den Dingen ist, sieht man manchmal nicht mehr klar. Du kennst doch das Sprichwort vom Wald, den man vor lauter Bäumen nicht mehr sehen kann? Ich hatte mich tief im Wald verirrt und bin dahin gegangen, wo es keine Bäume gab. Das war eine lange und großartige Reise. «

»Und dann?« Mika sah ihn gespannt an und vergaß für einen Moment tatsächlich ihr Unglück.

Doch Herr Kaan lächelte nur leise. »Irgendwann habe ich den Wald vermisst, in dem ich nun mal zu Hause bin.«

Dann stand er auf und auch wenn sie gerne noch mehr gehört hätte, kannte Mika ihn gut genug, um zu wissen, dass die Geschichte damit zu Ende war.

»Willst du noch einen Tee?«, fragte er und Mika streckte ihm dankbar ihre leere Tasse hin.

Als Mika eine Stunde später durch den Schnee nach Kaltenbach zurückstapfte, fühlte sie sich schon viel besser. Und wärmer. Das hatte sicher mit dem Holzofen und den zwei Litern heißen Melissen-Tee zutun, die Herr Kaan in sie hineingefüllt hatte, aber auch die Geschichte, die er ihr erzählt hatte, hatte sie auf seltsame Art getröstet.

Sams Arbeitseifer hatte sich unterdessen kaum gelegt. Das eisige Kopfsteinpflaster glich einer Schlittschuhbahn und es erforderte all seine Konzentration mit der Sackkarre voller Heuballen, das Gleichgewicht auf dem Eis zu halten. Er blickte kurz auf, als er Mika durch das Tor kommen sah und lenkte den widerspenstigen Heuballenturm schwungvoll in die Gegenrichtung. Weg von Mika. Er wusste, dass sie unter dem, was passiert war, wahrscheinlich am meisten litt und er verstand auch, dass sie nichts dafür konnte, dass 34 jetzt tot war. Trotzdem war er wütend. Milan war weg. Und das Fohlen … Es war besser, erst wieder mit Mika zu reden, wenn er nicht mehr so schrecklich sauer auf sie war. Er beschleunigte deshalb, als er ihre Schritte hinter sich hörte. Der Heuturm vor ihm schwankte bedrohlich.

»Sam? Hast du was von dem Fohlen gehört?«

Mika war gerannt, um ihn einzuholen. Sam erhöhte sein Tempo erneut, doch Mika hielt eisern mit ihm Schritt, was ihr keine große Mühe bereitete.

»Dr. Anders hat gesagt er meldet sich, wenn sich was ändert. Hat er aber nicht«, keuchte er knapp, ohne sie dabei anzusehen.

»Aber …«, wollte Mika gerade ansetzen, doch er fiel ihr ins Wort.

»Ich hab's eilig, ja? Wir reden später.«

»Okay.«

Mika blieb stehen und sah Sam nach, der in hektischen Schlangenlinien über den Hof fuhr. Sie verstand zwar nicht, wieso er es so schrecklich eilig hatte, einen Stapel Heuballen in den Obstgarten zu bringen, aber ihr Kopf war zu voll, um sich darüber zu wundern. Sie drehte sich um, ging in Richtung der Stallungen davon und sah nicht mehr, wie Sam hinter ihr ungebremst mit einem großen Apfelbaum kollidierte.

Ostwind stand immer noch mit gesenktem Kopf in der Gitterbox, als Mika vor den Stäben auftauchte. Und wieder sank ihr Herz einen Stock tiefer bei seinem Anblick. Sein dunkles Fell war grau vom Staub, den er bei seinem wütenden Ausbruch aufgewirbelt hatte und der ihn nun aussehen ließ, als wäre er über Nacht zum Greis geworden. Mika wollte gerade wieder davonschleichen, um ihm mehr Zeit zu geben, als ihr Blick auf den Holzbalken fiel, auf dem sie heute Morgen den Apfel hinterlassen hatte. Der Apfel war weg. Langsam schob sie die Tür auf und spürte, wie ihr Herz wieder an seinen Platz rutschte, als Ostwind den Kopf hob und sie ansah. Mit zwei Schritten war sie bei ihm. Und auch der Hengst drehte sich jetzt um und begrüßte sie mit einem kleinen Schnauben. Mika schlang ihre Arme um seinen Hals und diesmal wich Ostwind nicht zurück. Er drückte seinen schmalen Kopf an ihre Schulter und hielt ganz still. Mika spürte sein Herz schlagen. Sie spürte seine Trauer, aber sie fühlte auch, dass er wieder bei ihr war und ihren Trost brauchte. So wie sie seinen. Für eine ganze Weile stand sie so da, bis Ostwind sie sanft in die Wange knuffte. Autsch! Mikas Hand zuckte zu der bösen Schürfwunde, doch sie lächelte.

»Ist schon gut. War auch blöd von mir.« Unschlüssig stand sie neben ihm.

»Was machen wir denn jetzt? Hier kannst du nicht bleiben, aber auf die Koppel zurück –«, sie hielt inne und als hätte Ostwind sie verstanden, wich er einen Schritt zurück. Mika seufzte. Dann bückte sie sich, griff ein Bündel Stroh vom Boden und begann, Ostwinds staubiges Fell damit abzurubbeln. Wo sollte sie mit ihm hin? Methodisch arbeitete Mika sich durch das vertraute Fell, während sie nachdachte. Und dann spürte sie es unter ihren Fingern. Die unscheinbaren, knubbeligen Linien des Brandzeichens auf seiner linken Flanke. Die Silberdistel von Ora. Ostwinds Heimat. Und plötzlich war völlig klar, was sie tun musste. Herrn Kaans Worte rauschten in ihren Ohren. Sie würde eine Reise machen! Denn wenn man den Wald vor lauter Bäumen nicht mehr sah, musste man hingehen, wo es keine Bäume gab.

Mika rannte über den Hof so schnell es der eisige Steinboden zuließ. Sie schob die schwere Eichentür des Gutshauses auf und nahm zwei Treppenstufen auf einmal hoch zu ihrem Zimmer. Auf dem Tisch lag das rote Buch. Es war noch aufgeschlagen, als hätte es hier geduldig auf sie gewartet und sich gefragt, wann Mika endlich wiederkommen und sein Rätsel lösen würde …

4. Kapitel

Die Sonne hatte sich längst unbemerkt hinter der grauen Wolkendecke davongestohlen, als Mika knapp sieben Stunden später aus ihrem Zimmerfenster kletterte. So lange hatte sie gebraucht, um alle Vorkehrungen für ihre Reise zu treffen. Zuerst hatte sie Max, ihr gutes altes Sparschwein, geschlachtet. Seit sie auf Kaltenbach arbeitete, hatte sie dem hässlichen, rosa Keramikferkel alle Scheine verfüttert, die ihr dankbare Pferdebesitzer aufgedrängt hatten und es war eine erstaunliche Summe zusammengekommen. Dann hatte sie einige Stunden vor dem Computer verbracht, um ihre Reiseroute grob zu planen: von Genua aus gab es eine Fähre nach Andalusien, nach Genua gab es einen Zug vom Güterbahnhof in Kassel und nach Kassel waren es von Kaltenbach aus knapp zwanzig Kilometer. Sie hatte einen großen Rucksack für sich mit Kleidung für warme und kalte Tage gepackt und eine Packtasche mit dem Nötigsten für Ostwind. Die meiste Zeit hatte sie jedoch damit verbracht, Briefe zu schreiben. Einen an ihre Eltern, einen an Sam und den längsten an ihre Großmutter. Mika wusste, dass Maria sich von allen am schwersten damit tun würde, sie zu verstehen. Und sie wollte sich gar nicht ausmalen, was ihre Großmutter dazu sagen würde, dass sie ihre Reise zusammen mit Ostwind machte. Oder besser: für Ostwind. Deshalb, so hatte Mika kurzer Hand entschieden, war es für alle Beteiligten besser, wenn Maria es erst erfuhr, wenn sie beide schon weit weg waren. Auch Milan hatte sie einen langen Brief geschrieben, aber anstatt ihn auf dem alten Sekretär neben den anderen Nachrichten zurückzulassen, hatte sie ihn zerknüllt und in ihre Hosentasche gesteckt.

Ihr Reisegepäck glitt erfreulich lautlos über das Wellblechdach und landete sanft im Schnee. Dann wickelte Mika sich ihren dicken Wollschal fest um den Hals, warf einen letzten Blick in ihr ungewohnt aufgeräumtes Zimmer und ließ sich dann routiniert auf das verschneite Dach hinab. Hundert Mal hatte sie im Sommer auf diesem Weg das Haus verlassen, doch noch nie im Winter. Was, wie sie jetzt merkte, durchaus einen Unterschied machte. Denn kaum hatte sie festen Boden unter den Füßen, war der auch schon wieder weg und Mika hätte fast laut aufgeschrien, als sie über das verschneite Dach schoss wie ein Bob im Eiskanal.

Augenblicke später schlich sie über den dunklen Hof und ihr Ziel gab ihr neue Kraft und Zuversicht. Noch vor einem halben Jahr wäre es undenkbar gewesen, von Kaltenbach wegzugehen, aber jetzt fühlte sich das genau richtig an.

Ostwind stand dösend in seiner Box, doch als sie den Riegel aufschob, fuhr sein Kopf herum und er sah sie mit gespitzten Ohren an, als hätte er nur auf sie gewartet. Mika schluckte. Schwer bepackt stand sie vor ihm und wusste: jetzt gab es kein Zurück mehr.

»Bereit?«, flüsterte sie leise und als Ostwinds linkes Ohr kurz zuckte, beschloss Mika, das einfach als gutes Zeichen zu nehmen. Auch wenn der Hengst zunächst nicht gerade begeistert wirkte, als sie ihm den abgewetzten Lammfellsattel auf den Rücken legte. Als sie fertig war, klopfte Mika zufrieden auf Ostwinds Hals. Sie hatte alles sicher verstaut. Maria Kaltenbach hätte zwar mindestens der Schlag getroffen, hätte sie gesehen, dass ihr wertvoller Hengst aussah wie ein peruanisches Maultier, aber ihre Enkelin war zuversichtlich, dass sie so sicher bis nach Kassel kommen würden. Sie öffnete die Box und bedeutete Ostwind mit einem Kopfnicken, ihr zu folgen. »Los geht's!«

Der Klang von Hufen auf dem Steinboden hallte gespenstisch durch die dunkle Stallgasse, als er hinter Mika hinaus auf den Hof trottete. Niemand schien Notiz von ihnen zu nehmen, bis auf eine große Fuchsstute, die neugierig den Kopf zu ihr streckte, als sie an ihr vorbeiging. Mika blieb kurz stehen und strich ihr über ihre hellrosa Nase. »Hey, Madame Butterfly. Du würdest gerne auch ausreißen, was?«, flüsterte Mika sanft und fühlte, wie schlechtes Gewissen sich in ihr regte. Rasch opferte sie einen Apfel ihrer Wegzehrung und trat dann hinaus in die winterliche Nacht.

Sofort spürte sie, dass mit der klaren, kalten Luft ein Hauch Leben in Ostwind zurückkehrte. Er stand ruhig da und witterte hinaus in die unbekannte Dunkelheit, die vor ihnen lag. Mika kletterte auf seinen Rücken. Dann wanderten ihrer beider Blicke ein letztes Mal über Kaltenbach.

»Tschüss«, sagte Mika einfach, denn etwas anderes fiel ihr angesichts der vielen Gefühle in ihrer Brust beim besten Willen nicht ein.

»Tschüss?« kam es plötzlich als Echo aus der Nacht zurück und Mika brauchte einen Moment, bis sie sah, woher die Stimme kam. Nämlich aus dem Geländewagen des Gestüts, der wenige Meter neben ihr parkte. Wem die Stimme gehörte wusste sie sofort. Und jetzt sah sie Sam auch, der hinter dem Steuer des Jeeps saß und nun die Scheinwerfer einschaltete.

»Also, *Tschüss* ist schon ein bisschen lahm, wenn man sich einfach so in der Nacht davonstiehlt«, sagte Sam und sah Mika durch das offene Fenster ernst an.

»Ich hab dir einen Brief geschrieben. Und vorhin sah es auch nicht so aus, als wolltest du mit mir reden«, antwortete Mika, doch es war kein Vorwurf in ihrer Stimme.

Sam nickte. »Ja. Und das tut mir leid. Wir sind Freunde und ich hätte dir beistehen müssen. Aber deshalb bin ich jetzt ja auch hier.«

»Wie, *du* bist hier? Woher weißt du überhaupt, dass *ich* hier bin?«

»Na ja, zum einen kenn ich dich nicht erst seit gestern. Zum anderen habe ich vorhin, als ich dahinten in der Sattelkammer Trensen aussortiert habe, zufällig einen sehr großen Gegenstand vom Dach vor deinem Zimmer fallen sehen. War das ein Seesack oder so was?«

Mika grinste. »Leider nicht. Das war ich. Oma wird sich

freuen, wenn der Schnee weg ist und sie ihren geliebten Rhododendron wiedersieht. Platt wie ne Flunder ...«

Sam grinste zurück und es tat Mika unglaublich gut, das zu sehen.

»Na, jedenfalls bin ich dann in dein Zimmer und hab den Brief gefunden. Und wenn ich dich schon nicht abhalten kann – das kann ich nicht, oder?«, er hielt kurz inne und sah Mika fragend an. Die schüttelte langsam den Kopf.

»Dann will ich wenigstens dafür sorgen, dass ihr beide nicht mitten in der Nacht herumirrt und irgendwo festfriert.«

»Und das heißt?« Mika begriff immer noch nicht.

»Das heißt, dass ich dringend mehr Praxis im Fahren mit Pferdeanhänger brauche«, sagte Sam einfach und Mika wurde trotz der eisigen Kälte ganz warm ums Herz. Der gute alte Sam!

»Wo soll's den überhaupt hingehen? Das hast du in deinem Brief nämlich schön verschwiegen.«

»Genua?« Sam glotzte Mika an als hätte sie »Timbuktu« gesagt. Sie saßen mittlerweile im warmen Auto und hatten Ostwind in den Anhänger geladen. Ein schönes Netz voller Heu und drei weitere Äpfel hatten ihn überzeugt, auf den Ausritt in die eisige Nacht zu verzichten.

»Du kannst uns auch nur zum Bahnhof bringen. Da geht morgen Früh ein Güterzug, der angeblich auch Großtiere befördert«, sagte Mika schnell. Sie wollte Sams Angebot keinesfalls überstrapazieren. Doch der steckte schon den Schlüssel ins Zündschloss.

»Ach was! Ich hab gesagt, ich fahr dich, also fahr ich dich. Ich geb das einfach ins Navi ein und schon geht's los«, sagte er und tippte entschlossen auf dem kleinen Bildschirm herum. »Ich war außerdem noch nie in Bayern«, fügte er gut gelaunt hinzu. Mika wollte gerade etwas sagen, als ihr das Navi mit monotoner Stimme zuvorkam: »Genua, Italien. Fahrtzeit: 13 Stunden und vier Minuten. Gute Reise!« Sam sah sie sprachlos an und Mika zuckte entschuldigend mit den Schultern.

Die Autofahrt nach Italien dauerte mit Stau genau 14 Stunden und 38 Minuten. Doch anstatt von Mika mehr über Fanny zu erfahren, war das Einzige, das Sam während der gesamten Fahrt hörte, nur Mikas tiefe Atemzüge. Sie war schon kurz hinter Kaltenbach eingeschlafen und das trotz Sams bedenklicher Fahrkünste und seines nicht minder bedenklichen Musikgeschmacks. Ein wenig enttäuscht drehte er die brüllende Rockmusik auf und hoffte, dass die quietschenden E-Gitarren sie wieder aufwecken würden. Doch Mika schlief und schlief und wachte erst wieder auf, als Salzluft in ihrer Nase kitzelte. Sie schlug die Augen auf und sah die Sonne am Himmel stehen.

»Ich bin wohl kurz eingenickt?«, krächzte sie und rappelte sich benommen in ihrem Sitz auf.

»Ach was, doch nicht lang. Nur 13 Stunden und 47 Minuten«, erwiderte Sam trocken. Mika grinste schief.

»Echt? Und sind wir schon ...« Doch weiter kam sie nicht, denn in diesem Moment bog Sam gekonnt um eine enge Serpentine und da lag es vor ihnen und glitzerte graugrün in der Sonne: das Meer! Sie waren fast da.

Eine knappe Stunde später fuhren sie in den gigantischen Hafen von Genua, wo Schiffe wie gestrandete Walfische an den Kais lagen. Überall tummelten sich Reisende. Hafenarbeiter waren damit beschäftigt, Container in Frachtschiffe zu schichten, Menschen und Autos auf Fähren zu winken. Sardegna, Corsica, Palermo stand auf den Wegweisern und Sam kam aus dem Staunen gar nicht mehr heraus. Heute Morgen hatte er zum ersten Mal in seinem Leben das Meer gesehen und nun noch die riesigen Schiffe.

»Hey!«, schrie Mika gerade noch rechtzeitig als er vor lauter Glotzen geradewegs auf einen LKW zuhielt. Im letzten Moment riss Sam den Lenker herum und der Jeep machte einen heftigen Schlenker. Aus dem Hänger hinter ihnen drang empörtes Wiehern.

»Sorry«, rief Sam nach hinten und bremste besonders behutsam hinter einer langen Autoschlange, die vor einer großen, blau-weißen Fähre wartete. *Málaga* stand auf der Anzeigetafel über dem Pier.

»Voilà«, sagte Sam, stellte den Motor aus und sah Mika erwartungsvoll an. »Bist du sicher, dass du das durchziehen willst? Ganz allein?«

Mika nickte. »Ja. Aber erstens bin ich ja nicht allein und zweitens … kannst du ja mitkommen?« Sie sah Sam hoffnungsvoll an und merkte plötzlich, wie sehr sie sich wünschte, dass er Ja sagen würde. Doch Sam schüttelte den Kopf.

»Nein. Ich meine, Lust hätte ich schon. Wirklich.« Er sah sich um. »Ich hätte zum Beispiel nie gedacht dass ein Meer so … so viel Wasser hat. Wahnsinn!« Seine braunen Augen sprühten förmlich vor Unternehmungslust und Mika musste unwillkürlich an Fanny denken, die genauso aussah, wenn sie von fernen Ländern sprach. Doch Sam kam schnell wieder auf den Boden zurück.

»Ich kann aber jetzt nicht weg. Ich gehöre nach Kaltenbach und gerade jetzt werde ich zu Hause gebraucht«, sagte er, doch Mika hörte auch, was er nicht sagte: *Gerade jetzt, wo Milan weg ist und du auch gehst.* Als hätte er ihre Gedanken gelesen, fügte er mit einem Sam-Grinsen hinzu: »Aber für euch ist eine Reise jetzt genau das Richtige. Und ich erwarte dann einen lückenlosen Bericht mit Fotos und Bodenproben!«

Mika spürte einen Kloß im Hals. Deshalb beugte sie sich schnell vor und umarmte ihren Freund lange und fest.

»Danke.«

»Gerne. Und passt auf euch auf, ja?« Sams Stimme klang plötzlich auch nicht mehr ganz so fest.

»Ich melde mich dann …«, Mika nickte unbestimmt in Richtung Meer, »von der anderen Seite.«

Da sie beide keine großen Freunde von Abschiedszeremonien waren, stand Mika wenig später allein auf dem großen Pier und winkte dem Jeep nach, der sich mit dem großen »Gestüt und Therapiezentrum Kaltenbach«-Pferdeanhänger im Schlepptau langsam im Gewusel des Fährterminals verlor. Sie drehte sich um und sah Ostwind, der ruhig in der Schlange hinter einem klapprigen Wohnmobil stand, als wäre es für ein Pferd und ein rothaariges Mädchen das Normalste von der Welt, eine Autofähre nach Andalusien zu besteigen.

Und genau das sah der italienische Fährbeamte etwas anders.

»Isse un-e-möglich!«, beschied er und schüttelte schon zum x-ten Mal energisch den Kopf. Hinter Mika und Ostwind hatte sich bereits eine lange Schlange gebildet und einige der Autofahrer hupten ungeduldig.

»Aber wo steht denn, dass Pferde nicht auf die Fähre dürfen?«, versuchte Mika es noch einmal. Doch der knurrige Beamte verschränkte die Arme vor der Brust und schüttelte – schon wieder – den Kopf. Mika wollte gerade aufgeben, als ein anderer kleiner Fährbeamter mit einem ehrfürchtigen Lächeln im Gesicht auf sie zusteuerte.

»Dio mio! Un Cavallo! Ein ächte Pfährt«, frohlockte er und sah Ostwind an, als habe er gerade erfahren, dass es den Weihnachtsmann gab und er außerdem vor ihm stand. Und Ostwind, der sich sonst nur ungern von Fremden anfassen ließ, senkte mit einem sanften Schnauben den Kopf, um dem kleinen Mann zu gestatten, seinen Hals zu tätscheln.

»Dasse isse eine Sondergepäcke, kostet extra«, stellte der Fährbeamte mit einem strengen Blick auf Ostwind fest und Mika nickte beflissen. Danach brauchte es nur noch ein paar scharfe Worte des netten Beamten und der unfreundliche Kopfschüttler zog mit finsterer Miene ein Formular hervor.

»Hin- und Rück-e-fahrt?«, fragte er Mika nun so gelangweilt, als würden täglich ein Dutzend Pferde an Bord gehen.

»Hinfahrt«, antwortete Mika und konnte sich ein triumphierendes Lächeln dabei nicht verkneifen.

»Wie-e-viele PS?«

»Äh … 1 PS?«, kam es wahrheitsgemäß zurück und der Beamte sah nicht einmal auf. Er riss das Ticket vom Block, nahm das abgezählte Geld entgegen und winkte dann das nächste Auto heran.

»Bello, bello!«, rief der kleine Fährbeamte ihnen nach, als Mika Ostwind ins Innere des Schiffes führte. Sie blieb stehen und winkte ihm dankbar zu.

»Nein, OSTWIND«, rief sie und er machte ein freudestrahlendes Daumen-hoch-Zeichen.

»Ost-e-wint!«, wiederholte er beglückt und sah den beiden nach, bis sie im Bauch der Fähre verschwunden waren.

Als die Fähre endlich ablegte, stand Mika neben Ostwind an der Reling und sah fasziniert zu, wie sich das riesige Schiff ächzend in Bewegung setzte. Sie hatte sich mit dem etwas überforderten Fährpersonal darauf geeinigt, während der Überfahrt mit ihrem Pferd auf dem Zwischendeck zu bleiben, wo normalerweise Krankenwagen, Campmobile und Sonderfahrzeuge befördert wurden. Da es sich bei Ostwind eindeutig um ein Sonderfahrzeug handelte, hatten sie Mika und dem Hengst eine kleine, halbüberdachte Parkzone nahe dem Bug zugewiesen, die sie ganz für sich allein hatten. Mika hatte es ihnen beiden gleich etwas gemütlich gemacht, eine Wolldecke für sich ausgerollt und das Heunetz für Ostwind an einem Rettungsboot aufgehängt. Und jetzt standen sie nebeneinander im salzigen Wind, hörten die Möwen kreischen, die sich über ihnen stritten und sahen zu, wie sich das Festland langsam entfernte. Und damit alles was hinter ihnen lag: Kaltenbach. Milan. 34. Das Fohlen. Mika lehnte sich an Ostwind und spürte sein Fell warm und tröstlich an ihrer Seite. Er war äußerlich ganz der alte und Mika fühlte auch, dass er wieder bei ihr war – aber seit dem Gewitter und dem Tod der Stute war etwas in ihm verloren gegangen. Und Mika hoffte inständig, dass sie es in Ora wiederfinden würden.

5. Kapitel

»*Sugar Daddy* ou *Hawaii Sunset?*«, zwitscherte eine affektierte Mädchenstimme. Sie gehörte zu Claudette, Fannys französischer Gastschwester, bei deren Familie sie ihr Austauschschülerinnen-Dasein fristete. Fanny brummte etwas Unverständliches und betrachtete gelangweilt die beiden Nagellackflaschen, die Claudette ihr unter die Nase hielt und die sie offenbar für ihr Tages-Make-up ausgewählt hatte. Es war acht Uhr morgens, für Fanny definitiv zu früh, um über Nagellack nachzudenken. Übellaunig biss sie in ihr staubiges Knäckebrot und wie jeden Tag um diese Uhrzeit kochte die Wut in ihr hoch. Seit drei langen Monaten war sie nun in ihrer Traumstadt Paris. Sie hatte weder den Louvre gesehen, noch war sie in den Genuss von interessanten Dingen wie Weinbergschnecken in Kräuterbutter gekommen. Wobei Fanny mittlerweile schon ein stinknormales Croissant in Verzückung versetzt hätte. Bei dem Gedanken allein knurrte ihr der Magen. Anstatt die Pariser Gourmetwelt zu erkunden, gab es bei Claudette nämlich den ganzen Tag nur *Eau Minérale* aus verschiedenen Quellen und: Knäckebrot. Fanny konnte doch nicht *ernsthaft* diese widerlichen, fettigen Kalorienbomben zum Frühstück verlangen? Da nun auch noch Ferien waren bestand Claudettes einzige Tagesaufgabe darin, mit ihren Möchtegern-Model-Freundinnen und ihrem Handtaschenhündchen am Indoorpool zu liegen. Olympische Disziplinen waren für sie zentimetergenaue Bräunung ihres Körpers, Hochgeschwindigkeitszupfen der Augenbrauen und Synchronlackieren der Fingernägel. Seelenverwandtschaft unter Freudinnen sah in Fannys Augen anders aus. Wehmütig dachte sie an Mika. Das alles wäre problemlos zu ertragen, wenn sie hier wäre, doch ihre beste Freundin war so untrennbar mit Ostwind und Kaltenbach verbunden, dass Fanny sich fragte, ob sie jemals wieder zusammen verreisen würden. Plötzlich schob sich ein Hochglanz-Klatschmagazin in ihr Blickfeld. »Ryan Gosling ou Bradley Cooper?«, flötete Claudette und Fanny sah schnell auf die Uhr. Es war zwar noch früh und Mika das alte Faultier schlief mit ziemlicher Sicherheit noch, aber sie musste *jetzt* mit jemandem reden, bevor sie Claudette in ihr perfekt geschminktes Gesicht sprang.

Doch Mika schlief nicht mehr. Sie hatte sich ihre kratzige Wolldecke gegen die feuchte Salzluft um die Schulter gelegt, lehnte an der grünen Metallwand des Zwischendecks und sah aufs Meer hinaus, wo schon vor einiger Zeit die Sonne aufgegangen war – ein Naturschauspiel, das Mika in ihrem Leben noch nicht allzu oft gesehen hatte, denn normalerweise zog sie es vor aufzustehen, wenn die Sonne schon hoch am Himmel stand. Aber nichts war mehr normal. Mika sah zu Ostwind, der wie eine Statue neben ihr stand und mit aufmerksam gespitzten Ohren über das dunstige Meer sah, wo sich am Horizont langsam eine Küste aus dem Nebel löste. Seine Nüstern blähten sich kaum wahrnehmbar und Mika fragte sich gerade, ob er witterte, dass er mit jedem Wellenschlag seiner Heimat näher kam. »Pferde sind keine Menschen«, hatte sie plötzlich Herrn Kaans mahnende Stimme im Ohr. »Es ist gefährlich von uns auszugehen, wenn wir verstehen wollen, wie sie fühlen.« Das war aus Herrn Kaans Einstiegsvortrag, den er unweigerlich jedem der Pferdebesitzer hielt, die zu ihnen ins Therapiezentrum kamen. Mika lächelte leise. Er hatte ja recht, trotzdem wusste sie, dass Ostwind in diesem Moment etwas Ähnliches fühlte wie sie: gespannte Vorfreude mit einem Schuss Angst. Und das war im Vergleich zu gestern schon ein riesiger Fortschritt!

»Das mit der Angst wäre allerdings wesentlich besser zu ertragen, wenn Fanny hier wäre, was?«, sagte sie zu Ostwind. Der Hengst bog den Kopf zu ihr und scharrte zustimmend mit dem Huf. Mika grinste. Na bitte, Meister Kaan, dachte sie. Mein Pferd versteht mich genau! Sie zog ihr Handy hervor. Es war kurz nach acht. Ob Fanny wohl schon wach war? War überhaupt irgendwer um diese Uhrzeit schon wach? Ihr Finger schwebte noch zögerlich über Fannys Nummer, als das Telefon in ihrer Hand plötzlich zu vibrieren begann. Um ein Haar wäre es Mika aus den Händen geglitten und sie schnappte danach wie nach einem glitschigen Fisch.

»Ja?«, meldete sie sich atemlos.

»Mist, ich hab dich aufgeweckt, stimmt's?«, kam Fannys Stimme schuldbewusst von der anderen Seite.

»Hast du nicht. Ich wollte dich auch gerade anrufen.«

»Großartig! Ich muss nämlich ganz dringend mit jemand Normalem sprechen. Über etwas Normales. Erzähl mir schnell irgendwas langweilig Normales, egal was, es dürfen nur keine Prominenten oder Kosmetikartikel darin vorkommen!«

Mika brauchte einen Augenblick, um Fannys Redefluss zu folgen. Sie war zwar schon wach, aber nicht so wach.

»Äh. Wie ist das: Ich bin grade mit Ostwind auf einer Fähre zwischen Italien und Spanien«, sagte sie vorsichtig. »Wir machen eine Reise«, fügte sie hinzu, denn auf Fannys Seite herrschte plötzlich Schweigen.

»Ihr seid bitte wo und macht bitte was?«, sagte Fanny dann sehr langsam.

Mika zögerte. Sie spürte plötzlich, dass sie nicht die Kraft hatte, die ganze schreckliche Geschichte noch einmal zu erzählen. Nicht jetzt und nicht hier. Über ihr kreischte es ohrenbetäubend.

»Mika? Was war das!?« Fanny klang jetzt ehrlich besorgt.

Mika blickte nach oben, wo drei weiße Vögel im Wind schaukelten.

»Möwen. Wir sind fast da. Ich will mir Ostwinds Heimat anschauen«, Mikas Worte waren etwas zusammenhanglos.

»Ostwinds ... WAS? Aber Ostwinds Heimat ist doch Kaltenbach, wo gibt's da Möwen und Fähren?«, versuchte Fanny verzweifelt mitzukommen.

Mika beugte sich über die Reling und sah nun mit klopfendem Herzen den Hafen von Cádiz, der plötzlich nur noch wenige Bootslängen entfernt vor ihnen in der Morgensonne lag.

»Ja. Nein. Ostwinds Brandzeichen ist von einem andalusischen Gestüt. Ora. In der Nähe von Cádiz und wir …«

Doch weiter kam sie nicht, denn in diesem Moment ging ein Ruck durch das gewaltige Fährschiff. Der Kapitän war offenbar kräftig auf die Bremse gestiegen, um die Fähre an den schmalen Pier zu steuern. Mika stolperte erst hart vorwärts gegen die Reling, dann weich rückwärts gegen Ostwind, der es mit seinen vier Beinen deutlich leichter hatte, das Gleichgewicht zu halten. Dann sah sie ihr Handy. Sie musste es fallen gelassen haben und es lag jetzt hinter dem rostigen Geländer der Reling, einen Zentimeter vom Abgrund entfernt. Fannys freundliches Gesicht füllte noch immer das Display und auch die weniger freundliche Stimme ihrer Freundin, war noch deutlich zu hören.

»WAS ZUR HÖLLE IST DA LOS?«, war das Letzte was Mika hörte. Dann ächzte die Fähre erneut, drehte sich in die andere Richtung und Mika musste hilflos mitansehen, wie ihr geliebtes Handy von Bord ging und im schmutzig weißen Strudel der Bugwelle verschwand.

Für einen Moment starrte sie ungläubig in die tosenden Wellen. Der einzige Verbindungsanker zu ihrer Heimat war soeben ins Wasser gefallen. Und, stellte Mika mit klopfendem Herzen fest, damit auch der Wegweiser zu ihrem Ziel.

Eine knappe Stunde später führte Mika Ostwind vorsichtig über die schwankende Landeklappe der Fähre hinaus in die warme spanische Frühlingssonne. Im allgemeinen Trubel schien sich niemand besonders über das hochgewachsene Mädchen und das dunkle Pferd zu wundern – mit Ausnahme einer japanischen Touristengruppe, die gerade mit klickenden Kameras über ein kleines, buntes Fischerboot hergefallen war wie ein Schwarm Heuschrecken. Der Fischer war sichtlich dankbar, als Mika mit Ostwind an seinem Boot vorbeikam und die Meute für einen kurzen Moment ablenkte, Mika blieb stehen und sah sich mit einem mulmigen Gefühl im Magen um. Was jetzt? Ohne ihr Handy hatte sie nicht die geringste Ahnung, wo sie hinmusste. Vor ihr lag der imposante Handelshafen, dahinter erhob sich eine südländische Stadt mit weiß getünchten Häusern. Vielen, vielen Häusern. Mikas Herz rutschte eine Etage tiefer. Sie hatte ihren großartigen Plan nicht ausreichend durchdacht. Das hier war eine Großstadt, es brauchte wahrscheinlich Tage, bis sie überhaupt den Weg hinausfand. Hinter ihr tutete die Fähre und sie hatte für einen Moment das starke Bedürfnis, einfach umzukehren. Zurück nach Kaltenbach. Sie sah Ostwind an, der ruhig neben ihr stand. Er schien nicht im Mindesten beunruhigt, in einem fremden Land in einem riesigen Hafen zu stehen und von einem Dutzend Asiaten fotografiert zu werden. Er verließ sich einfach darauf, dass Mika wusste, wie es jetzt weiterging. Solange sie bei ihm war, war für den Hengst klar, dass sie richtig waren. Mika holte tief Luft.

»Ok-ay! So schwer kann das ja nicht sein, den Weg zu finden. Man fragt einfach«, sagte sie mit fester Stimme. Und bevor der neu gewonnene Mut sie wieder verlassen konnte, steuerte sie zielstrebig auf den missmutigen Fischer zu, der nun wieder im Blitzlichtgewitter vor seinem Boot saß und ein fleckiges Netz flickte.

»ORA?«, fragte Mika laut, um die verzückten Schreie der Japaner zu übertönen, die nun unerwartet Boot UND Pferd auf einmal vor die Linse bekamen.

»Si, si, Olá«, kam es griesgrämig zurück, aber der alte Mann wedelte dabei mit der Hand als wolle er Mika zu verstehen geben, bitte schnellstmöglich zu verschwinden.

»Nein, nicht *Olá*, ORA«, versuchte Mika es noch einmal und fühlte sich ziemlich bescheuert. Ungefähr so musste es sein, wenn jemand am Hamburger Hauptbahnhof nach dem besten Weg zur Allgäuer Hütte fragte. Sie wollte gerade aufgeben, da sah sie, dass der Mann nicht mehr wedelte, sondern jetzt energisch in eine Richtung zeigte.

»Aqui! Camino«, sagte er und lächelte Mika zahnlos an.

»Da ist der Kamin?« Das kam ihr jetzt doch spanisch vor.

»Sí! Camino! Caballo!«, der Mann deutete auf Ostwind, als wäre ihm plötzlich alles sonnenklar. Offensichtlich war er sich mit einem Mal ganz sicher, wo Mika hinwollte. Ihr Blick folgte seinem ausgetreckten Arm und fand einen hohen Holzpfahl am Ende des langen Piers, an den unzählige Wegweiser genagelt waren, die in alle Richtungen zeigten. Mika seufzte. Immerhin. Vielleicht brachte sie das einen Schritt weiter. Sie nickte dem Fischer dankbar zu, winkte der Touristengruppe zum Abschied, die sich nun zum finalen Gruppenfoto um ihn aufgestellt hatte, und setzte sich in Bewegung.

»New York – 6982 km«, Shanghai – 9835 km«, Mika stand am Ende des Piers, blinzelte in die Sonne und entzifferte die Wegweiser, die mit bunter Farbe auf verwitterte Holzbretter gemalt waren. Sicher an die dreißig Pfeile hingen aufgereiht an dem langen Mast über ihr, und keiner davon war hilfreich. »Novosibirsk – 11 976 km. Na, vielen Dank und gute Nacht.« Sie wollte sich gerade abwenden, als ihr Blick auf eine kleineres Schild fiel, das ein Stück unterhalb ihrer Augenhöhe angebracht war. Es sah anders aus als die anderen, denn es war weiß und zeigte nur einen blauen Reiter auf einem goldenen Pferd.

»Caballo! Caballo!«, ertönte es in diesem Moment neben ihr und als Mika sich umdrehte, sah sie zwei kleine Mädchen, die ehrfürchtig hinter ihr standen und Ostwind aus großen, dunklen Augen anstaunten. Das kleinere der beiden streckte zaghaft die Hand nach ihm aus und sah Mika fragend an, die ihr mit einem freundlichen Nicken zu verstehen gab, dass sie den Hengst ruhig streicheln durfte. Dann sah sie sich suchend um, ob noch irgendwer in der Nähe war, den sie hätte fragen können, was es mit dem merkwürdigen Schild auf sich hatte. Das ältere der beiden Mädchen hatte Mikas suchenden Blick aufmerksam verfolgt. Sie deutete auf das Schild.

»Camino?«

Mika nickte. Warum nicht? Offenbar waren sich alle einig, dass sie diesen Camino suchte und es war gut, ein Ziel zu haben, das sie zumindest aus dem Hafen bringen würdc. Das Mädchen wandte sich an seine Schwester und sagte etwas in sehr schnellem Spanisch, das für Mika klang wie *»Das Huhn will den Kamin nicht kaufen, Wurstsalat im Keller.«* Die Kleine nickte begeistert, nahm Ostwind am Zügel und winkte Mika mitzukommen.

Mit einem mulmigen Gefühl folgte Mika den beiden Mädchen durch die verwinkelten Gassen der Stadt. Sie liefen vor ihr her wie Touristenführer und deuteten fröhlich schnatternd mal hierhin, mal dorthin. Jedes Mal, wenn ihre kleinen Lotsen stehen blieben, rechnete Mika damit, in einen Keller geführt zu werden, in dem ihr jemand Wurstsalat servierte.

Die Gassen wurden nun langsam immer schmaler und immer steiler. Jetzt erklommen sie den Hügel, den Mika schon vom Hafen aus gesehen hatte. Ostwinds Hufe hallten auf dem knubbeligen Kopfsteinpflaster und Mika sah staunend in den kleinen Gärten Bäume, an denen Orangen hingen.

Oben angekommen erwartete sie eine eindrucksvolle Kathedrale mit mächtigen Kuppeltürmen, vor der in langen Schlangen Touristen standen. Die beiden Mädchen blieben stehen und drehten sich mit leuchtenden Augen zu Mika um. Die Kleinere verbeugte sich tief wie ein Zirkusdirektor und wies dann mit einer ausladenden Geste auf die Kirche.

»Camino!«, sagte sie feierlich und wartete dann gespannt auf Mikas Reaktion.

Mika starrte für einige Sekunden ungläubig auf die Kirche und zwang sich dann hastig zu einem höflichen Lächeln.

Natürlich. Die beiden Mädchen hatten sie einfach zu der größten Touristenattraktion der Stadt geführt.

»Ah!«, sagte sie und versuchte dabei so zu klingen, wie ihre Mutter. Die konnte zu Mikas Leidwesen an keiner Kirche und keinem Steinhaufen vorbeigehen, ohne in Verzückung zu geraten. Mika dagegen wäre in diesem Moment der Keller lieber gewesen, da hätte es wenigstens Wurstsalat gegeben. Doch in diesem Moment liefen die Mädchen wieder los, flitzten wie zwei kleine Hasen durch die Touristen und verschwanden dann hinter der Kirche. Sie sah Ostwind an, der mit langem Hals und hängenden Ohren neben ihr stand und mit seinen Packtaschen ein bisschen aussah wie ein müder Maulesel. Zum ersten Mal beschlich Mika das ungute Gefühl, einen Fehler gemacht zu haben. Was hatte sie sich nur gedacht?

»Tut mir leid. Wir gehen zurück zum Hafen und …«, begann sie kleinlaut und sah im selben Augenblick, dass eine ihrer kleinen Führerinnen wieder aufgetaucht war und sie energisch heranwinkte. Als sie um die Ecke bog, sah sie zu ihrem Erstaunen, dass hier ein schmaler, sandiger Pfad entlang der alten Stadtmauer verlief, an dessen Anfang die beiden Mädchen standen und auf etwas zeigten, das über ihren Köpfen an der Mauer hing. Mika schirmte ihre Augen ab, um in der grellen Morgensonne besser sehen zu können. Und dann sah sie, was es war: ein weißer Pfeil mit einem blauen Reiter auf einem goldenen Pferd!

»Sempre aqui«, sagte das ältere Mädchen und deutete in die Richtung, in die der Pfeil zeigte. Die Jüngere beugte sich zu Ostwind, strich ihm behutsam eine Strähne von der Stirn und gab ihm einen vorsichtigen Kuss auf seinen weißen Stern. »Buena suerte!«, sagte sie leise, dann hüpften die beiden auch schon fröhlich winkend davon.

Als sie verschwunden waren, fühlte Mika sich plötzlich sehr allein. Die gute Nachricht war, dass sie den Weg gefunden hatte, die schlechte, dass sie nicht wusste, wo er sie hinführen würde. Wehmütig dachte sie an ihr Handy, dass jetzt irgendwo auf dem Meeresgrund lag. Und an Fanny. Was würde Fanny machen? Das war nach Mikas Erfahrung immer eine gute Frage in einer schwierigen Situation. Sie schloss die Augen und hörte die entschiedene Stimme ihrer Freundin. »Na los! Der Weg ist das Ziel! Hauptsache vorwärts.« Mika grinste. Sie machte die Augen wieder auf. Genau! Sie würde sich einfach wie immer auf ihr Gefühl verlassen. Na ja, und auf einen zahnlosen, alten Fischer und zwei Kinder, dachte sie belustigt, als sie mit neuem Elan auf Ostwinds Rücken kletterte. Der Hengst hob den Kopf. Auch er schien zu spüren, dass ihre Reise nun begann.

6. Kapitel

Vier Stunden später war von Mikas Aufbruchsstimmung nicht mehr allzu viel übrig. Die Sonne brannte unbarmherzig auf sie nieder und der staubige Weg hatte sie zwar aus der Stadt geführt, aber seither war sie keiner Menschenseele mehr begegnet, die sie hätte fragen können, ob er tatsächlich nach Ora führte. Seit einer gefühlten Ewigkeit ritten sie nun schon durch diese Einöde, deren knorrige Bäume eine eigenartige Schönheit besaßen. Ostwind schien im Gegensatz zu ihr die Hitze nicht viel auszumachen. Er trottete stoisch durch die karge Landschaft als hätte er keinerlei Zweifel, dass sie schon bald ankommen würden. Mika musste lächeln. Er war schließlich auch von hier. An diesen Gedanken musste sie sich erst noch gewöhnen. Sie kippte nach vorn und legte ihren Kopf an Ostwinds sonnenwarmen Hals.

»Okay, alter Spanier, wie wär's mit 'ner Pause?«

»Da sag ich nicht Nein«, antwortete eine tiefe Stimme und eine Schrecksekunde lang dachte Mika tatsächlich, ihr Pferd hätte zu ihr gesprochen. Sie musste dringend aus der Sonne!

Schnell rappelte sie sich auf und drehte sich um. Ein paar Meter hinter ihr sah sie einen Mann, der auf einem hellbraunen Pferd saß. Er hatte einen Strick lose in der Hand, an dem er ein zweites Pferd führte und sah aus, als wäre er direkt aus einem alten Western entsprungen. Er trug einen breitkrempigen Hut über ein paar wirren grauen Haaren. Das Gesicht darunter war braun gebrannt und furchig. Aber er lächelte und seine dunklen Augen strahlten Mika freundlich an. Ostwind war stehen geblieben und der Mann kam langsam auf sie zugeritten, bis er neben ihnen anhielt. Er drehte sich im Sattel und musterte erst Mika, dann Ostwind aufmerksam.

»Ein schönes Pferd hast du da«, sagte er und nickte anerkennend. »Ist das aus der Gegend hier?«

Mika spürte, wie ihr Puls sich beschleunigte. Nicht nur sprach der Cowboy ihre Sprache, er kannte sich offenbar auch mit Pferden aus.

»Ja«, sagte sie aufgeregt. »Aus Ora!«

»Ora?« Der Cowboy zog seine ohnehin schon faltige Stirn in noch mehr Falten. »Den Namen habe ich schon lange nicht mehr gehört«, sagte er. Es klang fast wehmütig.

»Dann wissen Sie, wo das ist?« Mika hatte sich so plötzlich im Sattel aufgerichtet, dass Ostwind alarmiert schnaubte.

»Nicht wo. WAS«, antwortet der Cowboy ruhig und sah Mika prüfend an. »Aber wir machen jetzt besser diese Pause von der du gesprochen hast. Deine Gesichtsfarbe geht schon gefährlich in Richtung gekochter Hummer.«

Kurze Zeit später saß Mika an einem kleinen Bachlauf im Schatten eines Mandelbaums und kühlte ihre brennenden

Füße in dem schmutzigbraunen Wasser. Ostwind und die beiden anderen Pferde standen unbeeindruckt von der sengenden Hitze in der Sonne und rupften das grüne Gras ab, das in einem schmalen Streifen entlang des Wassers wuchs.

Der spanische Old Shatterhand hatte Brot, Käse und Weintrauben aus seiner Packtasche gefischt und teilte seinen Reiseproviant großzügig mit Mika. Er kaute, schmatzte und schlürfte dabei so laut, dass es ihr eigentlich die Zehennägel aufgerollt hätte, doch Mika bemühte sich, das zu überhören. Vielleicht gehörte das in Spanien zum guten Ton? Sie biss in ein Stück Käse, schmatzte probeweise und nickte ihm dabei lächelnd zu. Der Cowboy hielt inne und sah sie tadelnd an. Schnell schluckte Mika den Käse so geräuschlos wie möglich hinunter.

»Also kennen Sie Ora?«, versuchte sie da anzuknüpfen, wo sie unterbrochen worden waren.

Der Mann rülpste, lehnte sich schläfrig gegen den Stamm des Baumes und nickte.

»Jeder Andalusier über vierzig kennt Ora. Also jeder Andalusier, der mit Pferden zu tun hat. Also jeder Andalusier«, fügte er nach einer Pause hinzu. Er lächelte versonnen. »Das Rennen von Ora. Ach! Das waren noch Zeiten! Ich habe es leider nie selbst erlebt, aber ich kenne viele herrliche Geschichten. Die schnellsten, wildesten Pferde aus ganz Spanien, manchmal von noch weiter her, kamen alle hier zusammen. Es hieß, ein Pferd, das dieses Rennen gewinnt, sei die Seele Andalusiens.« Er seufzte und schloss die Augen.

Mika spürte, wie ihr Puls sich beschleunigte.

»Also IST Ora hier in der Nähe? Wo dieses Rennen stattfindet?«, fragte sie atemlos. Der Mann öffnete die Augen und sah sie belustigt an.

»Das Rennen von Ora hat seit einem halben Jahrhundert nicht mehr stattgefunden.« Er schüttelte betrübt den Kopf. »Eine der vielen Traditionen, die wir hier aufgegeben haben.«

Er musste Mika die Enttäuschung angesehen haben, denn er fixierte sie und fügte hinzu. »Was suchst du eigentlich genau, Chica?«

Mika griff in ihre Umhängetasche und kramte das Buch hervor, das sie im Regal ihrer Großmutter gefunden hatte. Sie schlug die Seite mit dem verblichenen Foto der Hacienda auf, die sie mit einem Eselsohr markiert hatte und hielt sie dem Cowboy hin.

»Hier. Das suche ich.«

Er studierte die Seite mit zusammengekniffenen Augen, dann sagte er nachdenklich: »Hm, merkwürdig. Ich kenne eigentlich jede Hacienda in dieser Gegend, aber dieses Haus habe ich noch nie gesehen.«

Mikas eben noch hoffnungsvoll klopfendes Herz sank eine Etage tiefer. Sie hatte es geahnt! Das verdammte Buch war einfach zu alt! Und der Ort, auf den sie all ihre Hoffnung gesetzt hatte, war nicht mehr da.

Der Spanier blätterte unterdessen interessiert die Seite um. Plötzlich stieß er einen leisen Pfiff aus. »Ha! Aber das kenne ich! Das ist Petros' Brandzeichen! Eindeutig.« Mit einem triumphierenden Lächeln drehte er das Buch so, dass

Mika es sehen konnte. Und sein Finger tippte dabei auf das Symbol, das ihr nun schon so vertraut war. Ostwinds Brandzeichen. Die Silberdistel von Ora.

»Den Berg hier runter, dann noch etwa drei Kilometer. Du kannst es eigentlich kaum verfehlen.« Sie standen an einer Weggabelung und der spanische Cowboy lächelte Mika zum Abschied freundlich zu.

»Und grüß meinen Freund Petros von mir. Ich hatte keine Ahnung, dass das Rennen von Ora über sein Land ging. Das muss ich mir bei Gelegenheit unbedingt ansehen!« Und damit nahm er die Zügel seines Pferdes auf und der kleine Tross setzte sich gemütlich in Bewegung. Mika winkte ihm dankbar zu.

»Vielen Dank! Ohne Sie hätte ich das nie gefunden.«

»Sí claro«, kam es lachend zurück. »Du warst doch schon auf dem richtigen Weg.«

Mika grinste. Dann fiel ihr etwas ein.

»Von wem soll ich Ihren Freund denn grüßen?«, rief sie der schwankenden Gestalt nach.

»Vom … wie heißt es auf Deutsch – Heimatpfleger?« Sie hörte sein gurgelndes Lachen noch, nachdem er auf dem Pfad hinter den Zypressen verschwunden war.

Behutsam setzte Ostwind einen Huf vor den anderen auf den schmalen, steinigen Pfad, den der Cowboy ihr gewiesen hatte. In Serpentinen ging es zwischen steilen Felswänden langsam den Berg hinunter. Mika fühlte, wie mit jedem seiner Schritte ihre Anspannung wuchs. Sie waren fast da! Der Weg wurde langsam ebener und die Kurven weicher. Als sie um die nächste Ecke bogen, gaben die Felsen unvermittelt die Sicht auf eine weite Ebene frei. Wind fuhr in Ostwinds Mähne, kühlte Mikas feuerrotes Gesicht und kämmte sanft durch das lange, dürre Gras der Weite, die nun vor ihnen lag. Ostwind hob den Kopf, blähte die Nüstern und Mika spürte seine Energie unter sich, als hätte der Wind in ihm eine Tür aufgestoßen. Doch wohin jetzt? Suchend wanderten ihre Augen über die grasige Steppe und fingen sich schließlich an einem hellen Fleck am Horizont. In der flirrenden Luft konnte Mika die weißen Mauern eines Gebäudes erkennen.

»Ich glaube, wir sind da. Also früher oder später«, sagte sie leise in Ostwinds Ohr, dass sich fragend zu ihr gedreht hatte. Ein Lächeln erschien auf ihrem Gesicht. Kein Wunder, dass hier früher ein Pferderennen stattgefunden hatte, denn das war die perfekteste Galoppstrecke, die sie je gesehen hatte.

»Ich wäre ja für früher«, sagte sie, und das war das Startsignal. Ostwind galoppierte los. Mit seinem ersten kraftvollen Sprung fiel alle Anspannung und alle Anstrengung von ihr ab, als würde der warme Wind sie einfach wegblasen.

7. Kapitel

Doch als sie wenig später vor den Mauern der imposanten Hacienda wieder zum Stehen kamen, war die Leichtigkeit schon wieder verflogen. Mika konnte es nicht genau erklären, aber irgendetwas an diesem Ritt war anders gewesen. Ostwind war zwar galoppiert, hatte aber nicht wie sonst alles gegeben. Etwas hatte gefehlt. Als hätte man im Auto vergessen, die Handbremse zu lösen. Schnell schob Mika den Gedanken weg. Wahrscheinlich war der Hengst nur müde, aber jetzt waren sie an ihrem Ziel angekommen. Entschlossen schwang sie sich von seinem Rücken und sah sich um. Die *Hacienda Petros* sah tatsächlich ganz anders aus, als das verblichene Bild aus ihrem Buch. Vor allem war sie viel, viel größer. Hohe, weiß getünchte Mauern umschlossen eine weitläufige Anlage, die man durch ein breites schmiedeeisernes Tor betreten konnte. *Hacienda Petros* stand in stolz geschwungener Schrift über dem Tor, durch das Mika Ostwind nun führte.

Die Hacienda bestand aus drei modernen, weißen Gebäuden, die wie ein U um einen großen sandigen Hof lagen, in dessen Mitte ein Brunnen plätscherte. Das Gebäude in der

Mitte war das Haupthaus, es war höher als die beiden Seitenflügel, in denen, wie Mika jetzt sah, die Pferde in Boxen mit angeschlossenen Paddocks untergebracht waren. Auf dem Hof herrschte Betrieb, aber es ging nicht hektisch zu. Pferde wurden herumgeführt, ein Traktor ratterte vorbei und zwei Männer wuchteten Heuballen von einem Anhänger. Niemand nahm Notiz von Mika, die staunend auf den Brunnen zusteuerte, neben dem im hellen Schatten einiger Palmen ein langer Tisch stand, an dem mindestens zwanzig Leute Platz fanden.

Sie sah zu Ostwind, der seinen Kopf gerade in das Becken des Brunnens tauchte und gierig trank. Mika setzte sich zu ihm auf den Rand. Plötzlich wurde ihr klar, dass sie sich nie Gedanken gemacht hatte, was genau sie tun würde, wenn sie am Ziel ihrer Reise angekommen war. Ein mulmiges Gefühl beschlich sie.

»Hallo, ich bin Mika und ich wollte einfach mal sehen, wo mein Pferd herkommt«, sagte sie probeweise zu einem buntgefiederten Huhn, das neben ihr im Sand scharrte. Das Huhn hielt irritiert inne und sah sie scharf an. Mika seufzte. »Genau. Klingt irgendwie blöd, was?«

In dem Moment ertönten laute Stimmen. Mika hob den Kopf. Drei ältere Herren, die aussahen wie Mafiabosse, saßen auf einer hölzernen Tribüne vor dem kleinen Reitplatz und beobachteten einen kleinen, dunkelbraunen Hengst, der von einem schmächtigen Jungen durch das sandige Viereck geführt wurde.

Er trug eine verblichene Baseballkappe über den kurzen blonden Haaren und seine braun gebrannten Arme schauten aus einem weißen Hemd hervor, das um seinen schmalen Körper flatterte. Die Geschäftmänner unterbrachen ihre lautstarke Diskussion, als der Junge mit dem Hengst vor ihnen stehen blieb. Einer der Männer bellte ihm etwas auf Spanisch zu und wedelte ungeduldig mit der Hand, doch der Junge schüttelte energisch den Kopf. Der Mann stand auf, quetschte seinen massigen Körper mit einiger Mühe unter dem Gatter durch und kam drohend auf ihn zu. Er riss dem Jungen den Strick aus der Hand und wollte mit dem Pferd loslaufen, um eine schnellere Gangart zu präsentieren. Doch das Pferd lief nicht mit. Stattdessen stieg es wiehernd auf die Hinterbeine und buckelte in wildem Zickzack-Galopp über den Platz. Der dicke Mann wurde mitgerissen, bis sich die Sicherung des Stricks vom Halfter löste und er unsanft auf seinem Hinterteil landete. Gelächter hallte über die Tribüne – der Anblick dieser Zirkusnummer versetzte die übrigen Herren offenbar in beste Stimmung. Auch Mika musste unwillkürlich grinsen.

»SAM!«

Eine strenge Stimme hallte über den Platz und augenblicklich hielten alle inne. Sogar der braune Hengst bremste aus vollem Galopp und sah wie alle anderen zu dem breitschultrigen Mann mit Vollbart, der jetzt am anderen Ende des Platzes aufgetaucht war. Mika blinzelte verwirrt. Hatte sie eben richtig gehört?

»Sam, es reicht! Bring ihn weg«, befahl der Bärtige in einem Ton, der keinen Widerspruch zuließ. Mit gesenktem Kopf spurtete der Junge über den Platz, hakte den Strick ins Halfter des Pferds und führte es schnell vom Platz. Der kleine Hengst folgte ihm, ohne zu zögern.

Mika stand auf, als der Junge auf sie zukam und merkte erst, dass sie ihn wohl ziemlich blöde anstarrte, als er sie unfreundlich anblaffte.

»Was glotzt du denn so?«

Mika fand immer noch keine Worte. Er sprach deutsch. Er hieß Sam. Sam wie ... ihr Sam! Der Junge blieb vor ihr stehen und sah sie angriffslustig an.

»Du heißt Sam?«, fragte sie, bevor sie sich zurückhalten konnte und im selben Moment merkte sie, dass irgendetwas nicht stimmte.

»Ja UND? Hast du 'n Problem damit?«, fragte er drohend und jetzt wusste Mika, was es war. Dieser Sam war eben kein Sam. Dieser Sam war ... ein Mädchen. Und als hätte sie ihre Gedanken gehört, fügte sie hinzu.

»Samantha, okay? Aber wenn du deine Zähne behalten willst, nennst du mich besser nicht so.«

»Okay. Okay.« Mika hob beschwichtigend die Hände. »Und du sprichst deutsch?« Sie hätte wirklich gerne ein paar schlauere Fragen gestellt, aber das war alles etwas zu viel und etwas Besseres gab ihr Hirn nicht mehr her.

Das Mädchen namens Sam zog eine Augenbraue hoch.

»Weil meine Eltern aus Deutschland sind. Aber deshalb bist du doch hier, oder nicht?«, antwortet sie mürrisch.

»Äh?«, kam es hilflos von Mika zurück.

»Na ja, ihr komischen Work-and-Travel-Leute wollt doch so gerne ins Ausland, aber da auf keinen Fall eine fremde Sprache sprechen. Deshalb haben wir fast immer nur Deutsche hier. Du bist übrigens über 'ne Woche zu spät! Kannst froh sein, dass wir deinen Platz noch haben, Sonja.«

»Sonja«, echote Mika nun endgültig verwirrt.

»Das bist du doch, oder?« Sam klang nun, als wäre ihr die merkwürdig einsilbige Besucherin plötzlich nicht mehr ganz geheuer.

Work and Travel? Davon hatte Fanny ihr doch schon hundert Mal vorgeschwärmt, aber weil sie bei den Fernweh-Monologen ihrer Freundin meist auf Durchzug schaltete, musste Mika erst in ihrem Hirn kramen. Endlich begriff sie. Reisen und Arbeiten!

»Sonja! Work and Travel – aus Deutschland. Ja«, nickte sie plötzlich begeistert. Bingo! Das war die Lösung. Mika hätte vor Freude fast einen Salto gedreht.

Doch Sam musterte sie nun misstrauisch.

»Ok-ay. Du siehst nur irgendwie gar nicht aus wie 19.«

»Ich bin klein für mein Alter«, sagte Mika und sah todernst auf das jungenhafte Mädchen hinunter, das einen guten Kopf kleiner war als sie. Sam zögerte noch einen Moment, doch dann zuckte sie mit den Schultern. Diese Globetrotterinnen waren einfach alle durchgeknallt.

»Dann komm. Ich bring Cortado weg und zeige dir dann deine Unterkunft.« Sie wollte sich gerade in Bewegung setzen, als ihr Blick auf Ostwind fiel, der die ganze Zeit geduldig neben Mika im Schatten der Palmen gestanden hatte.

»Was ist das denn?«, fragte sie baff.

»Ein Pferd. Schwarz«, stellte Mika sachlich fest und legte eine Hand auf Ostwinds Rücken. »Das ist meins. Ostwind«, fügte sie dann mit einem Lächeln hinzu und fühlte, wie ihr Herzschlag einen Zahn zulegte. Kannte Sam den Namen? Würde sie ihn vielleicht sogar wiedererkennen? Vielleicht … doch das blonde Mädchen schüttelte nur ungläubig den Kopf.

»Also, deine Vorgängerin hat ihr eigenes tragbares Klo mitgebracht und wir hatten mal einen, der hatte 'ne zahme Boa Constrictor dabei – aber mit Pferd ist noch niemand gekommen.«

»Ist das ein Problem?«, fragte Mika schnell und versuchte, sich ihre Enttäuschung nicht anmerken zu lassen. Sam schob sich ihre Baseballmütze in den Nacken und zum ersten Mal erschien so etwas wie ein Grinsen auf ihrem ernsten Gesicht.

»Na sagen wir so: Wenn wir 'ne zwei Meter lange Würgeschlange überlebt haben, sollte ein Pferd kein Problem sein. Wir haben ja selbst ein paar davon.«

Mit einigen Metern Abstand folgten Mika und Ostwind Sam über den Hof. Sie ging zielstrebig auf das flache Stallgebäude zu. Mika fiel auf, dass der braune Hengst, der vorher wie ein wilder Mustang über den Platz gebuckelt war, dem Mädchen so selbstverständlich folgte wie ein Fohlen seiner Mutter. Der Strick an seinem Halfter hing nur lose durch und Mika spürte, dass Sam ihn nicht einmal gebraucht hätte.

Sie beschleunigte ihren Schritt, um die beiden einzuholen.

»Hey, ist das dein Pferd?«, fragte sie besonders nett. Und auch, um den seltsamen Eindruck, den Sam von ihr haben musste, ein bisschen aufzubessern. Die blieb abrupt stehen und sah Mika an. Ihr Blick war plötzlich wieder abweisend.

»Nein. Er ist ein Verkaufspferd. Wir leben hier vom Verkauf, okay? Ich habe gar keine ZEIT für ein eignes Pferd.« Es klang scharf. Mika hatte offenbar etwas Falsches gesagt und war nun wieder in Ungnade gefallen.

»Ich dachte nur …«, begann sie, aber sie sprach den Satz nicht zu Ende. Wenn sie dem kratzbürstigen Mädchen jetzt noch erklärte, dass der braune Hengst ein besonderes Vertrauen zu ihr hatte, würde die sie wohl für komplett verrückt halten.

»Besser nicht zu viel denken, Sonja«, kam prompt die schroffe Erwiderung und dann waren sie auch schon bei den Stallungen angekommen.

Sam wies Mika eine geräumige Box für Ostwind am Ende der langen Stallgasse zu. Durch eine teilbare Stalltür konnten die Pferde ihre Köpfe auf einen überdachten Laubengang zum Innenhof hinausstrecken und hatten so zumindest eine andere Aussicht als nur auf die Wände, die sie einsperrten. Behutsam nahm Mika Ostwind den Lammfellsattel ab und befreite ihn von den Satteltaschen, die sie sich über die Schulter warf. Der Hengst war ihr ohne ein Anzeichen von Widerwillen in die Box gefolgt und stand jetzt müde mit gesenktem Kopf da. Noch vor ein paar Tagen hätte es all ihrer Überredungskunst bedurft, um Ostwind dazu zu bringen, in einem geschlossenen Raum zu bleiben, doch jetzt schien ihm das egal zu sein. Mika strich ihm sanft über den Rücken. Zu gerne hätte sie sich eingeredet, dass seine gleichmütige Ruhe ein gutes Zeichen sei – schließlich war das hier so etwas wie sein Zuhause –, aber ihr Gefühl sagte etwas anderes.

»Hey, es wird besser werden, versprochen«, sagte sie sanft zu seinen sonst so lebhaften Ohren. »Wir sind ja gerade erst angekommen.«

»Ist nicht gerade ein Energiebündel dein Pferd, was?«, ertönte in diesem Moment eine spöttische Stimme neben ihr. Mika fuhr herum. Langsam aber sicher ging ihr diese weibliche Version von Sam auf die Nerven.

»Kümmere dich um deinen eigenen Kram, okay?«, sagte sie schärfer als sie wollte. Das freche Grinsen verschwand prompt aus Sams Gesicht.

»Mit Vergnügen. Nur leider gehört es zu meinem Kram, mich um euch Traveller-Susis zu kümmern. Also komm, ich zeig dir wo du wohnst.« Und ohne Mikas Antwort abzuwarten, drehte sie sich um und ging davon.

Gemächlich schlenderte Mika hinter Sam her, die im Stechschritt über den Hof auf das imposante Haupthaus der Hacienda zulief. Mika freute sich nun wirklich auf ein weiches Bett und eine kalte Dusche, und das weiß getünchte Gebäude mit den freundlichen blauen Fenstern sah richtig einladend aus. Doch kurz bevor sie die Eingangstür erreicht hatte, drehte Sam plötzlich ab und führte Mika durch einen schmalen, dunklen Gang auf die Hinterseite des Hauses. Hier stand eine Reihe schiefer Bretterbuden, die aussahen, als hätte sie ein schielender Handwerker mit zwei linken Händen zusammengezimmert. Sam grinste, als hätte sie sich schon sehr auf diesen Moment gefreut.

»Bitte sehr, die Dame. Einmal die Präsidentensuite. Mit exklusiver Outdoor-Dusche«, sie zeigte auf einen Gartenschlauch, der mit einem rostigen Nagel am Stamm einer Zypresse befestigt war.

Mika biss sich auf die Unterlippe und setzte dann ein beglücktes Lächeln auf.

»Wunderbar! Das sieht ja noch viel besser aus als im Katalog«, sagte sie liebenswürdig. Dieser blöden Kuh würde sie sicher keine Genugtuung verschaffen, indem sie ihre Enttäuschung zeigte! Für einen Moment sah Sam Mika angriffslustig an, doch offenbar fiel ihr keine passende Retourkutsche ein und deshalb schüttelte sie einfach den Kopf, drehte sich um und ging davon.

»Ach, Samantha?«, rief Mika elfengleich.

Sam blieb stehen. Ihre schmalen Schultern spannten sich und Mika konnte sich ein Grinsen nicht verkneifen. Tja, leg dich nicht mit mir an, dachte sie grimmig. »Kann ich hier irgendwo telefonieren?«, fragte sie dann, wieder in normalem Ton. »Ich hab mein Handy verloren und müsste dringend …«

Sam drehte sich langsam um.

»Ich weiß nicht, ob du telefonieren *kannst,* aber wenn du es versuchen willst, ist die nächste Telefonzelle ungefähr fünfzig Kilometer in diese Richtung.« Sie deutete mit dem Daumen hinter Mikas Rücken.

»Habt ihr kein Telefon hier?« Mika klang ehrlich erstaunt.

»Doch. Wir schon.« Und mit diesen Worten ging sie endgültig davon. Mika seufzte. Sie war kaum eine Stunde angekommen und hatte sich schon Feinde gemacht. Das konnte ja heiter werden.

Nachdenklich starrte Mika die Decke an, wo eine Spinne gerade dabei war, eine Fliege zu einem handlichen Fresspaket zu verschnüren. Ihre Unterkunft war zwar windschief, aber zu ihrer großen Erleichterung roch sie gut nach harzigem Holz. Auch das wackelige Stockbett, auf dessen oberer Etage sie lag, war gar nicht so unbequem wie es aussah. Vor dem kleinen Fenster ihrer Hütte wurde es langsam dunkel. Grillen zirpten, doch sie klangen ganz anders als die, die sie aus Kaltenbach kannte, wenn sie in den warmen Sommernächten bei Ostwind auf der Koppel geschlafen hatte. Sie dachte an ihre Großmutter, an Sam und Herrn Kaan, die keine Ahnung hatten, wo sie jetzt war und fühlte sich mit einem Mal schrecklich einsam. Vielleicht war das alles ein Riesenfehler gewesen. Ostwind hierherzubringen, nur weil sie gehofft hatte … was eigentlich? Mika dachte an Ostwinds Fohlen, das vielleicht … hoffentlich … noch am Leben war – doch der Gedanke war so schmerzhaft, dass sie ihn schnell wegschob. Sie hätte ihm nicht helfen können. Und jetzt war sie nun mal hier. Es fiel ihr schwer das zuzugeben, aber sie war enttäuscht, dass der Ort, an dem Ostwind geboren worden war, so wenig in ihr bewegte. Und auch ihr Pferd schien keinerlei Erinnerung an die Hacienda Petros zu haben. Die Spinne an der Decke war nun fertig und begann, das Fliegenpaket genüsslich auszusaugen. Und auch Mikas Magen knurrte. Sie schwang ihre langen Beine aus dem Bett. Wenn sie bei diesem Anblick schon Hunger bekam, war es wirklich an der Zeit, etwas zu Essen aufzutreiben. Bevor sie noch entschieden hatte, wie sie dabei vorgehen wollte, klopfte es zaghaft an der Tür.

»Herein«, sagte Mika, doch nichts geschah. Stattdessen klopfte es noch einmal und noch zaghafter. Mika ging zur Tür und riss sie ungeduldig auf.

»HEREIN!«, blaffte sie und rechnete fest damit, in Samantha-Sams herablassendes Gesicht zu blicken. Doch vor ihrer Tür stand ein sehr großer, sehr dünner, sehr blasser Junge und erschrak heftig.

»Hallo«, flüsterte er, nachdem er sich wieder gefangen hatte. »Ich bin Walter. Wir sind Nachbarn.« Er lächelte schüchtern und zeigte auf die Bretterbude nebenan.

»Hallo«, flüsterte Mika zurück und lächelte freundlich.

»Warum flüsterst du denn?«, flüsterte Walter zurück und sah sich mit großen Augen ängstlich um. »Ist da irgendwas?«

»Äh, nein. Nichts«, sagte Mika in normaler Lautstärke. Offenbar hatte ihr neuer Nachbar einfach eine sehr leise Stimme.

»Ich wollte dich zum Essen abholen. Ich bin seit vorgestern hier und mir ist immer noch ein bisschen mulmig dabei, allein rüberzugehen«, fuhr Walter so leise fort, dass Mika sich unwillkürlich vorbeugte, um ihn besser zu verstehen. Er sah aus wie ein großes Insekt, ein Grashüpfer vielleicht, und überhaupt nicht wie jemand, der freiwillig in den Ferien auf einer Pferderanch arbeitete. Aber er wusste, wo es Essen gab.

»Großartig. Gehen wir!« Mika lächelte dankbar, schloss die wackelige Tür hinter sich und folgte dem scheuen Grashüpfer in die bläuliche Dämmerung.

Der große Hof der Hacienda war erleuchtet mit Lichterketten, die in den Bäumen hingen, und flackernden Laternen. Es war kühler geworden, aber ein warmer Wind strich sanft durch Mikas Haare, als sie hinter Walter auf die große Tafel zusteuerte, die sie schon am Nachmittag gesehen hatte. Sie war nun voll besetzt. Mika erkannte den bärtigen Mann wieder, der am Kopfende saß.

»Das ist Petros, der Chef hier«, flüsterte Walter ihr zu, der ihrem Blick gefolgt war, doch Mika hätte diese Information gar nicht gebraucht. Er strahlte so viel Strenge und Autorität aus, dass er niemand anderes hätte sein können. Mika war diese besondere Aura vertraut: Ihre Großmutter hatte eine ganz ähnliche Wirkung auf Menschen. Als sie zum Tisch kamen und sich auf die freien Plätze am Ende der Tafel setzten, nahm niemand Notiz von ihnen. Ein gutes Dutzend mehr oder weniger grimmig aussehender Männer saß links und rechts von Petros um den Tisch und war in eine gedämpfte, aber offenbar eindringliche Unterhaltung auf Spanisch vertieft. Mika konnte jetzt verstehen, warum der Grashüpfer sich gefürchtet hatte. Die gespannte Stimmung, die in der Luft lag, passte so gar nicht zu dem launig plätschernden Brunnen und den fröhlichen Lichterketten um sie herum. Verstohlen sah Mika zu Sam, die neben ihrem Vater saß und mit verschlossener Miene auf ihren Teller starrte. Irgendwas Ungutes ging hier vor, das war deutlich zu spüren, doch Mika war zu müde, zu hungrig und zu genervt von Sams pampiger Art, um das Mädchen zu fragen, was es war. Und schließlich, dachte Mika, als sie nach einer der dampfenden Schüsseln griff, die vor ihr auf dem Tisch stand, ging sie das alles auch gar nichts an.

Die erste gute Nachricht des Tages war: Das Essen auf der Hacienda Petros schmeckte köstlich. Zugegeben war Mika nicht verwöhnt, denn Marianne, die Haushälterin ihrer Großmutter auf Kaltenbach war zwar eine Seele von Mensch, aber eine grauenhafte Köchin. Mika war in dieser Beziehung also Kummer gewohnt und freute sich deshalb wie ein Schnitzel über den nicht angebrannten Reis und den leckeren Spieß mit kross gebratenen Hühnerflügeln. Sie nagte gerade an ihrem vierzehnten Chicken-Wing und hatte fast schon gute Laune, als Sam die Kratzbürste plötzlich neben ihr stand.

»Hey«, sagte Mika und es sollte versöhnlich klingen. »Das Essen war echt lecker.« Doch Sam sah sie nur abschätzig an.

»Freut mich. Das waren Rotkehlchen mit Salbei. Eine lokale Spezialität.«

»Bitte … was?« Mika spürte, wie ihr Magen eine unerwartete Aufwärtsbewegung machte. Jetzt wurde ihr auch klar, warum der Grashüpfer ihr seine Portion so großzügig überlassen hatte. Sam grinste zufrieden. »Bienvenido a España«, sagte sie trocken.

Wackelig stand Mika auf. Sie fühlte sich plötzlich gar nicht mehr so gut. »Ich geh dann mal«, brachte sie mühsam hervor, doch Samantha stellte sich ihr in den Weg.

»Nix da. Die Rotkehlchen-Pfanne spült sich leider nicht von allein ab«, sagte sie und nickte in Richtung der verlassenen Tafel, die voller schmutzigem Geschirr stand. »Es heißt immer noch WORK and Travel, schon vergessen?«

»Diese niederträchtige kleine Kanalratte!«, fluchte Mika still vor sich hin, als sie zwei Stunden später mit rauen Händen und flauem Magen in ihrer Koje lag. Sie hatte bergeweise Geschirr gespült und war jetzt so müde, dass sie nicht mal mehr einschlafen konnte. Eigentlich hatte sie noch nach Ostwind schauen wollen, aber der Grashüpfer hatte sich nicht getraut, im Dunkeln allein zu seiner Hütte zurückzugehen, und so lag Mika nun hier und hatte auch noch ein schlechtes Gewissen. Und wenn sie schon dabei war, konnte sie auch gleich noch an Fanny denken, die sich nach ihrem letzten Gespräch bestimmt schreckliche Sorgen machte. Mika beschloss, nur noch einen Moment liegen zu bleiben, bis ihr Magen sich beruhigt hatte und dann aufzustehen, nach Ostwind zu sehen und ein Telefon zu finden. Nur ganz kurz würde sie die Augen zumachen …

8. Kapitel

Es war dunkel. So dunkel, dass sie nichts sehen konnte. Doch in der Dunkelheit lauerte etwas. Sie wollte fliehen, doch die Angst lähmte ihre Glieder. Was, wenn es die falsche Richtung war? Dann hörte sie die Stimmen. Sie kamen von vorn. Und von hinten. Und von beiden Seiten! Sie musste hier weg, in Sicherheit, aber sie war ganz allein. Die anderen waren unerreichbar, irgendwo dort draußen in der Nacht. Verzweifelt rief sie nach ihnen, aber es kam keine Antwort. Stattdessen wurde es plötzlich hell um sie. Grelles, blendendes Licht. Ein Kreis aus dunklen Gestalten löste sich aus den Schatten und kam auf sie zu. Näher, immer näher …

Mit einem erstickten Schrei fuhr Mika auf – und stieß mit einem dumpfen Knall gegen die hölzerne Decke über ihrem Kopf. Ihr Herz schlug so hart gegen ihren Brustkorb, dass sie für einen Moment dachte, das Geräusch käme aus ihr. Sie sank zurück auf das Kissen und lag für einen Moment schwer atmend da. Ein Traum. Es war nur ein Traum gewesen. Sie wartete, bis sie sich beruhigt hatte, doch ihr Herz wollte sich offenbar nicht beruhigen. Irgendwas stimmte nicht, das fühlte sie ganz deutlich. Ostwind! Wieder fuhr Mika hoch. Bumm! Wieder knallte sie mit dem Kopf gegen einen Balken.

»Scheiße!«, fluchte sie laut. Jetzt war sie nicht nur beunruhigt, sondern würde auch noch eine fette Beule bekommen! Sie atmete tief durch. »21, 22, 23. Okay.« Vorsichtig stieg sie von ihrem Stockbett, fischte in der Dunkelheit nach ihren Schuhen und verließ dann auf leisen Sohlen ihr Quartier, um ihren schreckhaften Nachbarn nicht aufzuwecken.

Zu ihrer großen Erleichterung war die Nacht draußen nicht so dunkel wie die in ihrem Traum. Eine blasse, tief stehende Mondsichel hing an einem Himmel, der so von Sternen übersät war, das Mika für einen Augenblick staunend innehielt. Die schneeweißen Gebäude der Hacienda leuchteten majestätisch im fahlen Licht und die warme Luft roch würzig. Mit schnellen Schritten ging sie über den stillen Hof auf das flache Stallgebäude zu und langsam beruhigte sich auch ihr wild gewordenes Herz wieder.

Als sie die Tür zu Ostwinds Box aufschob und den schwarzen Hengst still in der Ecke stehen sah, entkam ihr ein unwillkürlicher Seufzer der Erleichterung. Alles war gut. Sie ging auf Ostwind zu, um ihre Hände auf sein warmes Fell zu legen und damit den Schrecken des Albtraums endgültig zu vertreiben.

»Hallo«, sagte sie leise, um das schlafende Pferd nicht zu erschrecken. »Tut mir leid, wenn ich dich wecke, aber …« Behutsam berührte ihre tastende Hand seinen Hals und zuckte im selben Moment erschrocken wieder zurück. Der Hals war hart wie ein Brett und das ganze Pferd zitterte wie ein Presslufthammer im Leerlauf. Ostwinds schwarzes Fell war eiskalt und nass. Jetzt hörte Mika auch seinen Atem, der stoßweise ging und sah, dass seine sanften goldbraunen Augen weit aufgerissen waren.

»Ostwind, hey, ich bin's … ich bin da, ich bin jetzt da«, redete Mika sanft auf ihn ein und versuchte ihn mit ihrer ruhigen Stimme, aus seiner Starre zu lösen. Ihre Gedanken rasten in ihrem Kopf. Was war los mit ihm? Konnte es sein, dass er denselben Traum gehabt hatte wie sie? Konnten Pferde überhaupt träumen? Mika sehnte sich plötzlich heftig nach Herrn Kaan, der darauf sicher eine Antwort gewusst hätte. Sie griff in seine Futtertraufe, holte sich eine Hand voll Heu und begann, sein schweißnasses Fell abzureiben. Nach einer Weile spürte sie erleichtert, wie sich die harten Muskeln unter ihren Händen langsam wieder entspannten. Eine weitere halbe Stunde später hatte Ostwind sich wieder beruhigt. Zwar zuckten seine Ohren noch bei jedem harmlosen nächtlichen Geräusch in alle Richtungen, aber er hatte sogar ein bisschen Heu gefressen und stand jetzt mit einem abgeknickten Huf und gesenktem Kopf in der Box. Mika beschloss, sich ihr Kopfkissen zu holen und die Nacht bei ihm zu bleiben.

Sie kam gerade aus dem Stall, als sie das Licht sah. Es flackerte unruhig in einem Fenster des gegenüberliegenden Stallgebäudes, wo, wie Walter der Grashüpfer ihr erklärt hatte, die Jungpferde untergebracht waren. Mika überlegte einen Moment und änderte dann ihre Richtung. Sie dachte an die grimmige Unterhaltung der Männer beim Abendessen. Vielleicht hatte Ostwind etwas gesehen oder gehört, dass ihm Angst gemacht hatte? Wenn ja, würde sie herausfinden, was.

»Halt ihn doch fest, Gottverdammt!«, drang eine tiefe, sehr ärgerliche Männerstimme durch das gekippte Stallfenster, unter dem Mika stand. Sie stellte sich auf die Zehenspitzen, doch trotz ihrer Größe reichte sie mit der Stirn nur an die Unterkante der Öffnung. Kurzentschlossen zog sie zwei rostige Blecheimer aus einer vergessenen Schubkarre, stapelte sie übereinander und stieg dann beherzt auf das wackelige Podest.

Im Inneren des Stalls sah niemand den Kopf, der sich langsam vor die schmutzige Scheibe des Fensters schob. Petros und der bullige Mann, der am Tisch neben ihm gesessen hatte, standen in einer großen Box um ein schmächtiges dunkles Pferd, das sich angsterfüllt an die Bretterwand presste. Die beiden Männer hielten es von vorn und hinten fest, sodass es nicht entkommen konnte. Und nun sah Mika einen dritten, kleineren Mann, der vor dem Pferd stand und einen länglichen Gegenstand in seiner zitternden Hand hielt. Er machte einen Schritt auf das Pferd zu und Mika erkannte in diesem Moment, dass sie sich schon wieder hatte täuschen lassen. Da war kein dritter Mann. Es war Sam. Und sie war leichenblass.

»Bist du so weit?«, zischte Petros gepresst und Sam nickte. Sie machte noch einen weiteren zaghaften Schritt auf das Pferd zu, das sich verzweifelt aus dem unbarmherzigen Griff der Männer zu befreien versuchte. Mikas Atem ging schneller. Sie spürte die Angst des kleinen Hengstes in jeder Faser ihres Körpers und musste all ihre Kraft aufbringen, um nicht durch das Fenster zu springen. Was hatte Sam da bloß in der Hand? Mika presste ihr Gesicht an die stumpfe Scheibe. Es sah aus wie ein Metallstab, an dessen Ende ein gezackter Stern hellrot leuchtete.

»Na los!«, befahl ihr Vater und Sam hob den Stab und richtete ihn auf die zuckende Flanke des Pferdes. »Du wolltest das unbedingt, jetzt mach, bevor es kalt wird!«, sagte er, und es klang zu Mikas Überraschung gar nicht streng, sondern eher … mitleidig. Doch Sam rührte sich nicht. Petros nickte dem bulligen Mann zu, der mit einem Schritt bei ihr war, das Eisen aus ihrer Hand nahm und es in einer blitzschnellen Bewegung fest ins Fell des Jungpferds presste. Es zischte böse, Rauch stieg auf und der beißende Geruch von verbrannten Haaren stieg Mika in die Nase. Das Pferd bäumte sich wild auf, doch Petros starke Arme hielten es fest.

»Schon gut. Halb so wild, hast es ja überstanden«, sagte er schroff zu dem Tier und ließ es dann los. In diesen Moment drehte Sam sich um und sah Mika direkt in die Augen. Sie duckte sich erschrocken und prompt klappte ihr Eimerturm laut polternd unter ihr zusammen. Mika presste sich an die Steinwand und wartete mit klopfendem Herzen, was jetzt passieren würde. Hatte Sam sie gesehen? Im Stall hörte sie jetzt Schritte, die schnell davonliefen. Mist! Die Tür flog auf und tatsächlich kam das jungenhafte Mädchen aus dem Stall gerannt. Doch sie sah Mika nicht, die immer noch unter dem Fenster kauerte, sondern lief in die andere Richtung hinaus in die Nacht, so schnell als wäre der Teufel hinter ihr her.

Nachdem Mika eine ganze Weile am Boden unter dem Fenster gesessen und abgewartet hatte, rappelte sie sich langsam auf. Petros und der bullige Mann waren verschwunden und auch Sam war von ihrer wilden Flucht nicht zurückgekehrt. Unschlüssig stand Mika da und überlegte, was sie jetzt tun sollte. Eines war klar, *hier* würden sie keine zehn Pferde halten! Sie musste nur ein Telefon finden, denn zum einen reichte ihr Geld kaum für die Rückfahrt und zum anderen musste sie jetzt einfach eine vertraute Stimme hören. Doch zuallererst würde sie nach dem Pferd sehen.

Behutsam öffnete sie die Tür zu dem Stallgebäude, das genauso aussah wie das gegenüber in dem Ostwind untergebracht war. Nur die Boxen waren hier größer und die halbwüchsigen Pferde standen in größeren Gruppen zusammen. Mika fand den kleinen braunen Hengst in einer Ecke. Mit misstrauischem Blick sah er ihr entgegen, als sie langsam auf ihn zuging. Mit Erleichterung nahm sie wahr, dass er keine schlimmen Schmerzen mehr zu haben schien. Aber auch, dass er verunsichert und noch immer sehr aufgeregt war und dass er um keinen Preis angefasst werden wollte. Sie blieb einen halben Meter vor ihm ruhig stehen und sah ihn nicht an, bis sie ein vorsichtiges Schnauben hörte. Er schüttelte den Kopf und kam dann einen staksigen Schritt auf sie zu, bis sie seinen warmen Atem auf ihrem nackten Arm spürte. Mika lächelte.

»Was haben die mit dir gemacht, Kleiner, hm?«, fragte sie leise. Doch der Jährling beschnupperte nun vertrauensvoll ihre Hand und schien auch keine Antwort auf diese Frage zu haben. Ganz langsam beugte Mika sich zu ihm und suchte die Stelle an seiner Flanke, an der das Brandeisen ihn getroffen hatte. Sie wusste, was sie finden würde doch als sie es sah, stockte ihr kurz der Atem. In seinem kurzen dunklen Fell erhoben sich die schwarz verkohlten Umrisse so klar, als hätte sie jemand mit Tusche gemalt. Ein zackiger Stern und darunter eine Welle. Die Silberdistel von Ora.

Unschlüssig stand Mika vor der dunklen Holztür des Haupthauses der Hacienda Petros und legte ihre Hand auf die eiserne Klinke. Sie hatte keine Ahnung, wie spät es war, aber die Fenster links und rechts der Tür waren alle dunkel und mittlerweile war es ihr ohnehin fast schon egal, ob sie erwischt werden würde. Behutsam schob sie die mächtige Tür auf und schlich in den dunklen Vorraum. Ihre Augen waren nun schon an die schummerige Dunkelheit gewöhnt und sie registrierte überrascht, dass es hier ähnlich aussah wie im Flur des Gutshauses von Kaltenbach. Schwere dunkle Holzmöbel standen auf dem rot gefliesten Boden und an den Wänden hingen dicht an dicht, in allen Größen und Formen: Bilder von Pferden. Mika drehte sich um die eigene Achse. Wo war denn nur das verdammte Telefon? In Kaltenbach stand es auf einer Kommode am Fuß der Treppe und ... tatsächlich! Mika grinste in die Dunkelheit und tappte zielstrebig auf den Apparat zu, der auf einem

Tischchen neben der Holztreppe stand, die in den ersten Stock führte. Sie hatte ihn fast erreicht, als sie plötzlich etwas hörte. Es klang wie ein Wimmern. Erschrocken hielt sie inne und plötzlich war sie sich nicht mehr so sicher, ob es ihr wirklich egal war, erwischt zu werden. Sie wollte gerade umdrehen, als das Geräusch noch einmal ertönte. Und dann zog jemand die Nase hoch. Jemand, der ziemlich heftig weinte. Mika atmete erleichtert aus und ging langsam auf das Geräusch zu, das von der Treppe kam. Durch ein Fenster im ersten Stock fiel ein schräger Streifen Mondlicht auf die Stufen, auf denen Sam saß. Sie hatte den Kopf in ihren Händen vergraben und ihre schmalen Schultern bebten bei jedem Schluchzer. Mika lehnte sich an die Wand. Sie konnte nicht anders, sie empfand ein bisschen Genugtuung bei diesem Anblick.

»Ähem«, räusperte sie sich und Sams Kopf schoss in die Höhe. Sie blinzelte hilflos in die Dunkelheit, doch als sie Mika sah, wurden ihre Augen schmal.

»Was MACHST du hier? HAU AB! LOS«, brüllte sie plötzlich wütend und im nächsten Moment kam ein schwerer Lederschuh geflogen und prallte haarscharf neben Mikas Kopf an die Wand.

»HEY! Spinnst du?«, zischte Mika erschrocken zurück und spürte, wie heißes Blut in ihren Kopf schoss. Sie baute sich drohend vor Sam auf. »Was läuft hier eigentlich, hm? Warum brennt dein Vater hier Pferde mitten in der Nacht? Und warum zur Hölle sitzt du jetzt hier und heulst?!«

Sams patzige Antwort kam nur abgehackt, zwischen den Schluchzern.

»Das … geht … dich … nichts an. Ver…schwin…de.« Ziiiiip. Mika konnte förmlich hören wie ihr ohnehin nicht sehr dicker Geduldsfaden endgültig riss. Der ganze Frust der letzten Tage brach in einem Schwall aus ihr heraus:

»Und ob mich das was angeht! Wahrscheinlich habt ihr das mit meinem Pferd ganz genauso gemacht und er hat es nie vergessen und kann seitdem in keinem geschlossenen Stall mehr sein! Er hatte schreckliche Angst vorhin und ich bin den ganzen Weg hierhergekommen, nur um ihn an den Ort zu bringen, an dem man ihm das angetan hat! Dabei wollte ich ihm helfen, weil ich Schuld bin … ich Schuld bin …« Mika brach ab und merkte zu ihrem Entsetzen, dass ihr nun ebenfalls die Tränen in die Augen schossen. Sam hob den Kopf und sah sie aus erstaunten Augen an.

»Hey, Sonja …«

»Und ich HEISSE NICHT SONJA!«, stieß Mika mit der letzten Kraft ihrer Wut hervor und rutschte dann neben Sam auf eine Treppenstufe.

Für eine Weile saßen die beiden Mädchen nebeneinander im dunklen Flur auf der Treppe und keine sagte ein Wort. Eine Standuhr surrte und schlug dann zwei. Sams stoßweise Atmung beruhigte sich langsam und auch Mika spürte, wie das Blut in ihren Adern allmählich wieder abkühlte. Irgendwie fühlte sie sich sogar ein bisschen besser. Wie ein Sommergewitter hatte ihr Ausbruch die dicke Luft zwischen ihr und diesem seltsamen, schroffen Mädchen weggeblasen. Sam schien das offenbar auch zu spüren.

»Wer bist du also, wenn du nicht Sonja, 19, aus Recklinghausen bist?«, fragte sie vorsichtig und ihre Stimme klang nun völlig anders. Fast schon nett.

»Mika, 17, aus Frankfurt. Also früher. Jetzt wohne ich auf Kaltenbach.«

Sam nickte, als würde das sehr viel mehr Sinn machen. »Und dein Pferd, ist das von uns?«

Diesmal nickte Mika. »Ja, ich denke schon. Er hat euer Brandzeichen. Ich wusste nie, wo er herkommt bis …«, sie stockte, als plötzlich Milans lachendes Gesicht unter einer geringelten Mütze vor ihr auftauchte. Schnell schob sie ihn beiseite. »Bis es mir jemand gesagt hat«, schloss sie schnell.

»Und du kommst den ganzen Weg hierher, um … warum genau?«

Mika zuckte gedankenverloren die Schultern. »Wir mussten aus dem Wald. Zu viele Bäume.«

»Ah ja.« Sam sah sie verstohlen von der Seite an. Ob sie nun Sonja oder Mika hieß – dieses Mädchen hatte eine Schraube locker. Und jetzt schüttelte sie den Kopf, als würde das ihre wirren Gedanken sortieren. Und sah Sam fragend an.

»Was war da los vorhin?« Sam wollte gerade eine ihrer schroffen Antworten geben, aber irgendetwas an Mika hielt sie zurück. Sie ließ den Kopf sinken.

»Ich hab mal wieder versagt, das war los.«

»Für mich sah das genau nach dem Gegenteil aus«, sagte Mika ruhig. »Du konntest ihm nicht wehtun. Das ist doch okay.« Sam schnaubte verächtlich.

»Das ist NICHT okay. Pferde sind unser Geschäft. Und

das Geschäft läuft nicht gut. Mein Vater hat so viele Sorgen damit und er … er mag es nicht, wenn man die Pferde zu nah an sich ranlässt. Er sagt, das ist gefährlich.«

Mika wollte protestieren, doch sie spürte, dass sie das gar nicht musste. Sam war in dieser Beziehung auf ihrer Seite – auch wenn sie das nie zugeben würde. Zu ihrem Erstaunen stellte Mika plötzlich fest, dass sie das ruppige Cowgirl beinahe, fast … mochte.

»Aber brennt man Pferde nicht bei Tag? Und als Fohlen?«, fragte sie, denn die Geschehnisse im Stall blieben immer noch rätselhaft.

Sam sah Mika prüfend an, als überlege sie, ob sie ihr vertrauen konnte.

»Eigentlich ja. Aber mein Vater musste ein Stück von unserem Land an die Gemeinde verkaufen. Er wollte das nicht, aber wir brauchen das Geld dringend. Auf dem Land leben ein paar Pferde, die uns gehören«, sie zögerte kurz. »Wild. Und jetzt fangen wir sie ein, bevor die Gemeinde es vielleicht tut. Und das geht nachts besser.«

Mikas Herz bekam Schluckauf.

»Wildpferde?!«

Ein schiefes Lächeln erschien auf Sams gerötetem Gesicht.

»So in der Art, ja.« Aufgeregt sprang Mika auf.

»Ich … wir«, doch weiter kam sie nicht, denn in diesem Moment hörten sie das Brummen eines herannahenden Motors. Auch Sam sprang nun erschrocken auf und wischte sich hektisch mit dem Ärmel ihres karierten Hemdes übers Gesicht.

»Das ist mein Vater! Du verschwindest besser. Und kein Wort, ja?« Sie sah Mika bittend an, die sofort nickte.

»Kein Wort«, bestätigte sie ernst. Sam grinste.

»Dann bis morgen, *Sonja*.«

»Bis morgen, *Samantha*«, sagte Mika und verschwand schnell in der Dunkelheit, bevor der zweite Schuh sie treffen konnte.

9. Kapitel

Surr. Klick. Surr. Klick. Mika brummelte schläfrig und versuchte, die aufdringliche Fliege zu verscheuchen, die seit ein paar Minuten ihren kostbaren Schlaf störte. Auch Ostwind schnaubte genervt und Mika spürte, wie sein weicher Bauch, der ihr als Rückenlehne diente, sich leise unter ihr bewegte. Surr. Klick. Sie öffnete die Augen und das Geräusch verstummte prompt. Vor ihr stand Walter der Grashüpfer und glotzte sie erschrocken an. Er hatte eine Kamera in der Hand, die er nun schuldbewusst sinken ließ.

»Oje, oje, jetzt hab ich dich geweckt. Tut mir leid, tut mir leid. Aber ich musste das einfach fotografieren, so was hab ich einfach noch nie gesehen«, sprudelte es unsicher aus ihm heraus. Mika setzte sich schlaftrunken auf. Wie konnte nur jemand um diese Uhrzeit schon so viel reden?

»Du hast noch nie ein schlafendes Pferd gesehen?«, brummte sie ungnädig. Walters wasserblaue Augen wurden noch größer. »Doch! Doch! Natürlich. Also, nein, nicht aus der Nähe, aber auf Bildern. Aber noch nie so, mit … Mensch.« Mika stand schwerfällig auf. Die letzte Nacht war eindeutig zu aufregend und zu kurz gewesen. »Na dann, herzlichen Glückwunsch!«, knurrte sie. »Pferde legen sich nur hin, wenn sie sich ab-so-lut sicher fühlen. Ich meine, Wahnsinn, dass er das macht und dass du …«, plapperte er aufgeregt. Jetzt erst bemerkten Mikas müde Augen seinen merkwürdigen Aufzug. Sein langer, dünner Körper war seltsam unförmig, denn er trug eine dicke schwarze Weste und darüber etwas, das aussah wie ein Rückenpanzer. Außerdem Arm- und Knieschützer, als wolle er zum Rollerbladen.

»Wie siehst du denn aus?«, fragte sie entgeistert.

»Ich … na ja … Samantha hat versprochen, mir heute eine Reitstunde zu geben, und ich wollte rechtzeitig herkommen, mich ein bisschen akklimatisieren, warm werden«, sagte er und fuchtelte dabei so wild mit den Armen in der Luft herum, dass Ostwind erschrocken aufstand. Mika musste ihn so verwirrt angeschaut haben, dass Walter hastig hinzufügte: »Ich habe ein ganz klein bisschen Respekt vor Pferden. Also, ich LIEBE sie. Reiten ist mein großer Traum! Aber sie sind eben auch sehr … hoch«, schloss er kleinlaut.

Wäre sie nicht noch so schrecklich müde gewesen, hätte Mika in diesem Moment laut losgeprustet. Doch dann hörte sie Hufe, die sich in der Stallgasse hinter ihnen näherten und Walter wich ängstlich ein paar Schritte zurück. Es war Sam, die Cortado am Zügel führte. Sie trug ein verwaschenes Jeanshemd und einen Cowboyhut und kam mit einem vorsichtigen Grinsen im Gesicht auf die beiden zu. Mika bemerkte, dass der Grashüpfer neben ihr plötzlich knallrot wurde.

»Guten Morgen«, hauchte er kaum hörbar.

»Morgen«, antwortete Sam. Eine ihrer Augenbrauen bildete ein fragendes U nach oben, als auch sie seine seltsame Aufmachung registrierte.

»Ist das ... machen wir jetzt wirklich ...«, stammelte er und zeigte auf das braune Pferd, das einen speckigen Westernsattel auf dem Rücken trug. Sam sah ihn verwirrt an. Dann fiel es ihr offenbar wieder ein.

»Ach Mist, die Reitstunde. Tut mir leid, die müssen wir nochmal verschieben.« Walter sank bei diesen Worten zusammen wie leeres Schlauchboot.

»Ich muss mit ... äh ... Sonja ein paar Zäune auf den äußeren Koppeln kontrollieren, tut mir leid«, fügte sie hinzu und es klang für Sams Verhältnisse relativ freundlich. »Heute Nachmittag vielleicht.«

»Klar. Sicher. Ich geh dann mal wieder Kartoffeln schälen«, sagte Walter resigniert, als hätte er es schon geahnt und schlich mit gesenktem Kopf davon. Mika, die immer noch mit Aufwachen beschäftigt war, lehnte an einem Holzbalken und sah ihm nach.

»Also kommst du? Ich hab Frühstück dabei«, wandte Sam sich jetzt an sie und klopfte dabei auf eine der Ledertaschen an Cortados Sattel. »Keine Singvögel, versprochen.«

Bevor sie antwortete sah Mika fragend zu Ostwind, der gerade schmatzend sein Hafer-Frühstück beendet hatte und ihren Blick ruhig erwiderte.

»Yep. Wir sind bereit. Kann jederzeit losgehen.«

»Musst du nicht noch satteln?«, fragte Sam verwundert, doch Mika grinste nur.

»Nö«, sagte sie.

Wie eine unreife Orange hing die Morgensonne am zartblauen Himmel über dem rauen Grasland, durch das Mika und Sam wenig später Seite an Seite ritten. Sie war zwar gerade erst aufgegangen, doch die Luft war schon warm und ließ erahnen, wie heiß es noch werden würde. Bevor sie losritten, hatte Sam Mika mit den knappen Worten: »Den setzt du besser auf, sonst siehst du spätestens in einer Stunde aus wie 'ne Grilltomate« einen löchrigen Cowboyhut aus Stroh gegeben und sie war ihr schon jetzt dankbar dafür. Schweigend ritten die beiden Mädchen nebeneinander her und Mika bemerkte dabei Sams verstohlene Blicke, die immer wieder zu Ostwind fanden.

»Erkennst du ihn wieder?«, fragte sie deshalb nach einer Weile und Sam tat so, als hätte sie gerade etwas völlig anderes gedacht.

»Was? Wen? Ach, du meinst dein Pferd?«

»Ja.« Mika nickte geduldig, während sie innerlich mit den Augen rollte: Als Schauspielerin würde Sam es nicht weit bringen.

»Nein. Wir verkaufen jedes Jahr so viele Pferde in die ganze Welt, ich kann mir die unmöglich alle merken«, sagte sie knapp, aber Mika hatte das leise Gefühl, dass sie nicht die Wahrheit sagte. Aber warum sollte sie lügen?

»Halla war seine Großmutter«, fügte Mika hinzu. Vielleicht würde die Information Sams Erinnerung auf die Sprünge helfen.

»Halla … hmm«, sagte Sam und zog ihre braungebrannte Stirn in übertriebene Falten. »Der Name kommt mir bekannt vor. Kann sein, dass mein Vater vor langer Zeit mal ein Stutfohlen von ihr aus Deutschland gekauft hat.«

Ostwinds Mutter! Mika sah Sam plötzlich gespannt an. »Ja? Und wie heißt sie? Wo ist sie? Habt ihr sie noch?«

Doch Sam schüttelte unwillig den Kopf und sagte dann, lauter und barscher als nötig: »Was weiß ich, verkauft, tot – das ist ewig her. Und überhaupt. Was ist das, 'ne Quizshow? Wir sind hier, um Zäune zu reparieren, schon vergessen? Los. «

Und mit diesem Satz galoppierte sie plötzlich los und ließ Mika und Ostwind in einer Staubwolke zurück.

Drei Stunden später sah Mika trotz ihres Cowboyhutes nicht nur aus wie eine Grilltomate, sie fühlte sich auch so. Sam hatte ihr ein Stück des verwitterten Zauns zugewiesen, der das scheinbar endlose Grasland um die Hacienda in ordentliche Vierecke teilte. Sie hatte Mika außerdem einen Hammer und einen Sack mit Nägeln in die Hand gedrückt und war dann bis auf ein schroffes: »Ich hol dich hier wieder ab. Keine Ausflüge! Bis später!« – wortlos davongeritten und seitdem nicht mehr aufgetaucht. Und Mikas Laune ging es wie einem Glas Milch, das jemand in der Mittagssonne vergessen hatte: Sie wurde langsam sauer. Sie hatte schon gefühlte dreihundert Kilometer lose Holzlatten angenagelt und ihre Hände taten weh. Außerdem hatte Sam einen schweren Fehler begangen. Sie hatte ihr befohlen, hier zu bleiben. Leider kannte sie Mika noch nicht, auf die jede Art von Verbot eine magische Anziehungskraft ausübte. Mika sah zu Ostwind, der mit gesenktem Kopf neben ihr am Gatter entlangtrottete und ihn nun erwartungsvoll hob. Mika grinste. »Lust auf 'ne kleine Erkundungstour? Ich habe gehört, irgendwo hier gibt's frei lebende Pferde«, fügte sie leise hinzu und fühlte, wie ihr Puls sich beschleunigte. Seit Sam ihr gestern Nacht davon erzählt hatte, hatte Mika das nicht mehr aus dem Kopf bekommen.

»Wildpferde.« Sie sah Ostwind an und seine goldfarbenen Augen hielten ihrem Blick stand. Er schnaubte einmal. Mika nickte. »Sag ich doch.« Und damit ließ sie den Hammer fallen und schwang sich auf seinen Rücken.

Doch schon eine halbe Stunde später war Mika sich nicht mehr sicher, ob der Ausflug wirklich eine gute Idee gewesen war. Die Sonne brannte mittlerweile gnadenlos vom Himmel, außer ein paar Eidechsen hatten sie weit und breit kein anderes Lebewesen gesehen und langsam bekam Mika Durst. Sie wollte gerade umkehren, als Ostwind plötzlich stehen blieb. Er hob den Kopf, spitzte die Ohren und seine Nüstern blähten sich interessiert. Mika folgte seinem Blick durch die flirrende Luft und sah nun erst, dass sich hinter dem kleinen Hügel vor ihnen etwas Grünes emporreckte. Ein saftiges, dunkles Grün, dass in dieser Landschaft nur eines bedeuten konnte: Wasser.

»Wenn ich dich nicht hätte«, sagte sie mit einem dankbaren Grinsen und klopfte ihm auf den Hals. Und dann galoppierte Ostwind mit einem aufgeregten Schnauben so plötzlich los, dass sie sich schnell in seine Mähne krallen musste, um mitzukommen.

So sieht also eine Oase aus, dachte Mika wenig später, als sie staunend auf die dichte Baumgruppe zuritt, die sich aus der bräunlichen Steppe erhob wie eine Fata Morgana. Je näher sie den Bäumen kamen, desto mehr änderte das goldgelbe Gras unter Ostwinds Hufen seine Farbe. Es wurde üppiger und dichter und jetzt hörte Mika auch Vögel, die zwischen den saftigen Blättern der Bäume zwitscherten. Und dann sah sie das Wasser. In der Mitte des schattigen Baumkreises, umsäumt von einer weichen, dunkelgrünen Wiese, lag ein Felsbecken, in dessen glasklarem Wasser sich der blaue Himmel spiegelte. Mit einem leisen Gurgeln blubberte es aus einem großen Felsen neben einer alten Steineiche und schickte zitternde Wellen über das ganze Becken. Für einen Moment war Mika sprachlos. Ostwind hatte einen magischen Ort gefunden. Sie kletterte von seinem Rücken und bemerkte, dass der Hengst neben ihr ganz ruhig geworden war. Ein Zittern lief über sein Fell, aber es war keine Anspannung zu spüren, sondern nur … Freude. Bei dieser Feststellung machte Mikas Herz einen unerwarteten Satz. Zum ersten Mal seit ihrer Ankunft in Andalusien, spürte sie eine Veränderung in ihm. Etwas hatte sich bewegt.

»Na komm! Los!«, rief sie plötzlich aufgekratzt. Ostwinds Antwort war ein ausgelassenes Wiehern und dann liefen sie beide auf das eiskalte Wasser zu. Mika schüttelte ihre staubigen, roten Turnschuhe ab und tauchte glücklich neben Ostwind unter. So gut hatte sie sich lange nicht gefühlt!

Als sie prustend wieder an der Wasseroberfläche auftauchte, war das Erste, was sie sah, ein paar Lederstiefel, die einen halben Meter vor ihr am Ufer standen. Oops! Mika strich sich die nassen Haare aus den Augen und folgte den Stiefeln langsam nach oben bis zu Sams verdrossenem Gesicht.

»Was genau an *Bleib hier!* hast du nicht verstanden, hm?«, knurrte das kurzhaarige Mädchen und funkelte sie aus zusammengekniffenen Augen an. Sie stand mit verschränkten Armen auf dem Felsrand und hielt Cortado am Zügel, der sehnsüchtig das Wasser beäugte.

»Na ja! *Bleib* und *hier* würde ich sagen«, antwortete Mika grinsend. Aber sie war definitiv zu gut gelaunt, um sich rumzustreiten, deshalb lenkte sie gleich wieder ein. »Tut mir leid, ehrlich. Aber mir war heiß und ich hatte Durst und du warst weg.« Mit einer Entschuldigung hatte Sam offenbar nicht gerechnet. Ihr Gesicht wurde etwas versöhnlicher.

»Okay. Du bist das ja nicht gewohnt. Aber wir sollten jetzt hier verschwinden. Wir haben noch Arbeit.«

Ostwind schnaubte in diesem Moment so protestierend Wasser aus, das Sam trotz aller Strenge lächeln musste.

»Komm schon«, sagte Mika. »Wir können ja arbeiten, aber so ein kleines Bad kühlt das Gemüt. Das schadet dir nicht. Und ihm auch nicht.« Mika deutete auf Sams Pferd, das nun schon mit den beiden Vorderhufen im Wasser stand und sie fragend ansah, als warte es nur auf ein Zeichen. Sam war sichtlich hin- und hergerissen. Auch auf sie schien dieser Ort seine Wirkung zu haben.

»Mann, ich war ewig nicht hier«, sagte sie und es klang

gar nicht mehr abgeneigt. Plötzlich erschien ein strahlendes Grinsen auf ihrem Gesicht. Sie schüttelte den Kopf. »Ach, was soll's! Wasssseerrrr!« Und mit diesem Schlachtruf ließ sie sich lachend vornüber in das Becken plumpsen.

Als sie wenig später ausgestreckt auf den warmen Felsen lagen und sich trocknen ließen, war die Stimmung zwischen Sam und Mika wie ausgewechselt. Sie mussten gar nicht reden. Und auch die beiden Pferde standen in friedlicher Eintracht nebeneinander und rupften genüsslich das grüne Gras.

»Warum kommt ihr nie hierher? Ich würde hierherziehen. Ich würde überhaupt nirgends anders mehr sein wollen«, murmelte Mika mit geschlossenen Augen.

»Wer wir?«, kam es schläfrig zurück.

»Na, du und deine Freunde?« Als Sam darauf nicht antwortete, öffnete Mika die Augen und blinzelte zu ihr hinüber. Vielleicht war sie eingeschlafen. Aber Sams Augen waren offen. Sie bemerkte Mikas Blick.

»Ich hab keine Zeit für Freunde«, sagte sie schließlich mit einem Anflug ihrer gewohnten Schroffheit und Mika beschloss, dass es besser war, diesen Punkt nicht zu vertiefen.

»Aber was ist das für ein Ort hier? Ist das 'ne Art Oase?«, wechselte sie rasch das Thema. Sam lächelte. »Fast. Eine Quelle. Sie entspringt unterirdisch und speist das Becken. Deshalb ist auch alles im Umkreis so grün. Wasser ist hier sehr wertvoll.«

»Und sie gehört euch?« Wieder kam keine Antwort.

Mika sah, dass Sams Gesichtszüge sich anspannten. Sie seufzte innerlich. Es war wirklich nicht leicht, mit diesem Mädchen ein normales Gespräch zu führen. Doch schließlich fuhr Sam leise fort.

»Nicht mehr. Mein Vater musste das Land gerade verkaufen. Es gehört jetzt der Gemeinde.« Mika erinnerte sich, das Sam ihr davon schon letzte Nacht erzählt hatte. Davon und von den Wildpferden! Plötzlich war Mika hellwach und ihr Kopf voller Fragen. Sie wollte gerade ansetzen, als sich wieder etwas in ihr Blickfeld schob. Es war schwarz, lang und dünn und auf Sams Hinterkopf gerichtet. Mika stockte der Atem, als sie erkannte, was es war: der Lauf eines Gewehrs.

Sam hatte Mikas erschrockenen Gesichtsausdruck wohl bemerkt, denn sie setzte sich abrupt auf und wollte gerade den Mund aufmachen, als sie das kalte Metall in ihrem Rücken spürte.

»Wo ist sie?«, sagte eine gefährlich ruhige Stimme hinter ihr. Sie gehörte einer großen, schlanken Frau, deren lange silbergraue Haare ihr braun gebranntes Gesicht umwehten als stünde sie in Flammen. Sie war bestimmt schon sechzig Jahre alt, doch ihr markantes Gesicht mit den hellgrünen Augen sah aus wie das einer viel jüngeren Frau. Sie war barfuß, trug ein knielanges weißes Hemd über einer abgewetzten Wildlederhose und das altmodische Gewehr lag völlig ruhig über ihrem Arm. Sam drehte sich langsam um. Der erschrockene Ausdruck auf ihrem Gesicht veränderte sich, als sie die Frau erkannte.

»Wo. Ist. Sie?«, wiederholte die langsam, ohne den Blick von Sam zu wenden.

»Tara. Was soll der Quatsch. Wo ist wer?« Sams Augen waren hart.

»Sie ist seit zwei Tagen weg und die Leitstute verlässt ihre Herde nicht freiwillig. Ich habe die Spuren eurer Autos gesehen. Was habt ihr mit ihr gemacht?«

»Calima?« Sam sah nun ehrlich ratlos aus. »Was sollen wir mit ihr gemacht haben? Sie ist dein Pferd.«

Die Frau sah Sam mit einer Mischung aus Mitleid und Abscheu an. »Sie ist nicht *mein* Pferd. Genauso wenig wie sie euch gehört. Sie gehört nur sich selbst!«

»Die Pferde gehören *alle* uns. Genau wie dieses Land. Das weißt du genauso gut wie ich.« Sam spie die Worte förmlich aus.

»Ich dachte, ihr habt das Land verkauft?«, platzte Mika unvermittelt heraus, die den Streit gebannt verfolgt hatte. Nun gaben die beiden ihr Blickduell auf und starrten Mika an, deren Hand erschrocken zu ihrem Mund zuckte. Hatte sie das etwa schon wieder laut gesagt?

Tara sah Mika forschend an. Dann wandte sie sich wieder an Sam.

»Habt ihr das?«, fragte sie mit ruhiger Stimme und Sam warf Mika einen Blick zu, als ob sie sie auf der Stelle erwürgen wollte.

»Papa musste. Er hatte keine Wahl: entweder das Land oder die Hacienda. Er wollte es dir sagen, aber du redest ja nicht mit ihm.« Die alte Frau ließ das Gewehr sinken. Sie sah plötzlich sehr müde aus.

»Ich rede nicht mit ihm, weil er nicht zuhört. Er hat nie zugehört. Weder mir noch seinen Pferden.« Und damit drehte sie sich um und ging lautlos davon.

»Tara!«

Sie blieb stehen, ohne sich umzudrehen.

»Wir haben Calima nicht. Wirklich nicht. Wir … wir haben nur einen Jährling eingefangen, aber … wir haben sie nicht.« Sams Stimme klang plötzlich unsicher. Doch Tara antworte nicht. Stattdessen ruhte ihr Blick jetzt auf den beiden Pferden, die immer noch im Schatten der Bäume grasten. Plötzlich, als könne er ihren Blick spüren, hob Ostwind den Kopf und sah sie an. Und auf dem harten Gesicht der alten Frau erschien ein warmes, überraschtes Lächeln.

»Ostwind«, sagte sie leise, als begrüße sie einen lange vermissten Freund – und Mikas Herzschlag setzte für einen Moment aus.

Doch als er gleich darauf doppelt so schnell wieder einsetzte, hatte das dunkle Grün der Bäume Tara bereits verschluckt.

Wie vom Donner gerührt saß Mika auf dem Felsen und starrte an die Stelle, an der die seltsame Gestalt eben noch gestanden hatte. Dann sah sie zu Sam, die mit gesenktem Kopf dasaß und ihre bloßen Füße anstarrte. Was war hier los? Ein Traum, fuhr es Mika durch den Kopf. Das war sicher nur wieder einer ihrer blöden Träume. Sie kniff sich in den Arm. Aua. Sie streckte die Hand aus und kniff Sam in den Arm, nur um sicherzugehen.

»AUA! Spinnst du?!« Sam schlug nach ihrer Hand wie nach einer lästigen Fliege. Mika nickte. Kein Traum.

»Was ... was war das?«, brachte sie endlich mühsam hervor, denn ihre Gedanken fuhren gerade Achterbahn in ihrem Kopf. Tara. Calima. Ostwind! Diese Tara hatte Ostwind erkannt!

»Wohl eher: Wer war das?«, korrigierte Sam trocken und stand auf. »Das war Tara«, gab sie die Antwort im nächsten Moment selbst. Und fügte dann düster hinzu: »Sie ist meine Tante.«

Mika musste sie wohl ziemlich lange und ziemlich verwirrt angestarrt haben, denn schließlich streckte Sam ihre Hand aus, um ihr aufzuhelfen.

»Komm, wir gehen besser. Ich denke, ich schulde dir jetzt so was wie eine Erklärung.«

Als sie kurz darauf zu den Pferden traten, konnte Mika Ostwinds Widerwillen, diesen Ort zu verlassen, förmlich spüren.

»Na komm. Wir kommen bald wieder, versprochen«, murmelte sie in sein ihr zugewandtes Ohr. Ostwind schüttelte sanft den Kopf, als spüre er seinerseits Mikas Anspannung. Sam neben ihr war schon aufgestiegen, doch als Mika sich gerade auf Ostwinds Rücken schwingen wollte, fiel ihr Blick auf eine unscheinbare Pflanze, die, wie sie erst jetzt sah, überall rund um das glitzernde Felsenbecken in kleinen Büschen blühte. Sie hatte schmale silbrig glänzende Blütenblätter, die wie gezackte Sonnenstrahlen aussahen. Mika hielt inne.

»Sam?«, sagte sie vorsichtig mit leiser Stimme, als wären die kleinen Pflanzen scheue Eichhörnchen, die beim Klang ihrer Stimme sofort verschwinden würden. Sam drehte sich im Sattel zu ihr und sah sie fragend an.

»Ja?«

»Was ist das?«, fragte sie und deutete auf eine der Pflanzen neben Cortados Hufen. Sam zog eine Augenbraue hoch, als könne sie nicht recht verstehen, wieso Mika sich nach alledem, was eben passiert war, ausgerechnet für Botanik interessierte.

»Das? Eine Silberdistel.«

Langsam hob Mika den Kopf und sah von der silbrigen Blume zu Sam.

»Und wo ist hier? Ich meine, wie heißt dieser Ort hier?«, fragte sie, doch sie kannte die Antwort bereits, bevor sie über Sams Lippen kam.

»Ora. Das hier ist Ora.«

10. Kapitel

»Mein Vater und Tara waren früher unzertrennlich«, begann Sam, als sie in gemächlichen Schritt durch die sengende Hitze ritten. »Sie sind als Kinder mit meinen Großeltern aus Deutschland gekommen, die sich hier niederlassen und Pferde züchten wollten. Sie haben ein altes Haus gekauft und ein paar Zuchtstuten. Als sie vor zwanzig Jahren starben, war klar, dass Tara und mein Vater zusammen den Hof übernehmen. Ein paar Jahre ging das gut. Aber Tara war immer schwierig. Sie ist … sie hatte immer mehr Verbindung zu Pferden als zu Menschen. Irgendwann hat mein Vater eine Stute aus Deutschland gekauft. Ein teures Pferd mit einer großartigen Abstammung, aber total verrückt. Die Stute war aggressiv und hat niemanden an sich rangelassen. Nur Tara.«

»Calima?«, fragte Mika leise und Sam nickte, dann fuhr sie fort.

»Tara hat verrückte Ideen gehabt, während mein Vater ums Überleben der Zucht gekämpft hat. Er hatte gerade die neue Hacienda gebaut. Es wurde immer schlimmer. Und dann kam es zu einem riesigen Streit. Eines Tages mitten in der Nacht hat sie Calima einfach mitgenommen und ein paar unserer wertvollsten Pferde und ist in das alte

Haus gezogen. Und da lebt sie seitdem. Sie ist verrückt geworden und man kommt ihr besser nicht zu nahe. Du hast es ja gesehen«, fügte sie bitter hinzu.

»Und die Pferde?«, krächzte Mika, die während Sams Erzählung, fast vergessen hatte zu atmen. Sam nickte.

»Die leben da mit ihr. Wild. Manchmal müssen wir eines einfangen. Für unsere Zucht und auch, weil sie sich sonst zu sehr vermehren würden.«

Sam sah Mika forschend an, als warte sie, ob die eins und eins zusammenzählen konnte. Mika schluckte. Ihre Kehle war plötzlich so trocken wie die staubige Steppe um sie.

»Ostwind?«, fragte sie leise. Sam sah den schwarzen Hengst an, der aufmerksam den Kopf hob, als würde er jedes Wort verstehen.

»Ja«, antwortete Sam. »Ich war mir nicht sicher, aber als Tara vorhin ...«

Doch weiter kam sie nicht, denn plötzlich zerriss ein lautes metallisches Brummen die Luft und der Staub um sie wurde aufgewirbelt wie bei einem Tornado. Sams Pferd scheute und galoppierte los. Und auch Ostwind bäumte sich erschrocken auf, als zwei glänzende Hubschrauber am Himmel auftauchten und dicht über ihre Köpfe surrten wie riesenhafte Insekten.

Nach ein paar hundert Metern hatte Sam Cortado wieder anhalten können und als Mika neben ihr zum Stehen kam, klopfte sie beruhigend auf seinen zitternden Hals.

»Alles gut, Kleiner, alles gut«, sagte sie sanft und wieder spürte Mika das unsichtbare Band, dass die beiden verband. Auch wenn Sam das nicht wahrhaben wollte.

»Was war das denn?«, fragte Sam, immer noch atemlos von dem wilden Ritt und sah Mika mit großen Augen an. Sie wendeten die Pferde und sahen den beiden Hubschraubern nach, die nun in einiger Entfernung am Himmel kreisten wie Geier über der Prärie. Mika kniff die Augen zusammen und blinzelte in die Sonne. Auf einem konnte sie eine weiße Aufschrift erkennen. »WaterLife«, las sie ratlos vor. »Was wollen die hier?«

»Keine Ahnung«, antwortete Sam beklommen. Und in diesem Moment sahen sie, wie einer der Hubschrauber zur Landung ansetzte. Mika reckte den Hals, um besser sehen zu können. Ein kalter Schauer lief ihr über den Rücken, als sie erkannte wo. Die grünen Wipfel waren unverkennbar. Und nun setzte auch der zweite Hubschrauber zum Sinkflug an und landete in einer wirbelnden Staubwolke wenige Meter neben der grünen Oase von Ora.

Als die beiden eine gute Stunde später wieder auf der Hacienda ankamen, fühlte Mika sich, als wären sie tagelang unterwegs gewesen. Sie musste all das, was sie gehört und erfahren hatte, erst einmal verdauen. Auch Sam war merkwürdig schweigsam und verabschiedete sich schnell, nachdem sie die Pferde gefüttert und in den Stall gebracht hatten. Jetzt stand Mika neben Ostwind, dessen Kopf schmatzend in seinem Futtertrog hing, und streichelte nachdenklich über sein vertrautes dunkles Fell. Sie hatte das Rätsel von Ostwinds Herkunft gelöst. Sie hatte Ora gefunden. Aber irgendwas stimmte nicht. Und der Schlüssel dazu war Tara. Sam hatte gesagt, ihre Tante sei verrückt geworden, und ein bisschen hatte die eigenartige grauhaarige Frau auch so ausgesehen. Aber Mika hatte eine seltsam vertraute Energie gespürt, die von ihr ausging. Und Ostwind hatte es auch gespürt. In diesem Moment wusste Mika, was sie tun würde. Sie würde nochmal nach Ora reiten. Sie würde Tara finden und mit ihr reden.

Doch das war leichter gesagt als getan, denn schließlich war Mika nicht hier, um Ferien zu machen. Das spürte sie auch deutlich, als sie am nächsten Morgen in aller Frühe mit schmerzenden Knochen und flauem Magen aufwachte. Sie hatte gestern den ganzen restlichen Tag damit verbracht, Zaunpfähle anzuspitzen, Säcke mit Kraftfutter zu schleppen und staubige Boxen zu kehren. Sie hatte gehofft beim Abendessen an der langen Tafel im Hof noch einmal mit Sam über ihre Erlebnisse reden zu können – besonders über die rätselhaften Hubschrauber. Aber die hatte den ganzen Abend mit ernster Miene neben ihrem Vater gesessen und Mika spürte instinktiv, dass es besser war, vor Petros nicht über ihre Begegnung mit seiner Schwester zu sprechen. Außerdem brauchte Mika ihre ganze Aufmerksamkeit für die genaue Inspektion ihres Tellers. Es gab diesmal einen dunklen Eintopf, der zwar köstlich würzig roch, aber nach ihren Erfahrungen mit lokalen spanischen Spezialitäten wahrscheinlich Schlange oder Beutelratte enthielt. Also hatte sie sich sicherheitshalber an Reis und Brot gehalten und nun lag sie auf ihrer Pritsche und hörte ihrem Magen zu, der sich lautstark über das karge Abendessen beschwerte.

Aus dem Fenster ihrer Hütte sah Mika die aufgehende Sonne, die den graublauen Dunst der Hügel gerade in ein mattes Zartrosa tauchte. Da sie nun ohnehin schon wach war, beschloss sie aufzustehen, Frühstück zu finden und dann nach Ora aufzubrechen, bevor jemand auf die Idee kam, ihr wieder eine Säge oder eine Mistgabel oder ein anderes Folterwerkzeug in die Hand zu drücken. Außerdem hatte sie das bestimmte Gefühl, dass Sam wenig Verständnis dafür haben würde, wenn Mika sich in die Höhle der Löwin wagte. Es war also besser, ihr gar nicht zu begegnen.

Kurz darauf schlich sie bereits in den Stall, um Ostwind zu holen. Sie fand den Hengst, der eigentlich wie Mika kein Morgenmensch – oder Morgenpferd – war, bereits hellwach und voller Energie, als habe er nur darauf gewartet, dass es endlich wieder losging. Mika lächelte froh. Ihn wieder so zu sehen, entschädigte sie für jede einzelne Schwiele an ihren Händen!

»Du bist wieder da, hm?«, sagte sie leise, legte ihre Stirn an seine und fühlte für einen Moment wie sich seine warme, helle Energie mit ihrer verband. »Dann lass uns jetzt schnell abhauen, bevor die anderen wach werden«, teilte sie ihm dann ihren Plan mit, den Ostwind mit einem unternehmungslustigen Schnauben quittierte.

»Gaaanz l-e-i-s-e«, wies Mika Ostwind an, als sie ihn aus dem Stall in den Hof führte. Doch plötzlich blieb er stehen und sah sie fragend an. Mika drehte sich um – und sah direkt in zwei Augenpaare, die ihren Blick nicht minder fragend erwiderten. Eines gehörte Sam und das andere

Walter, der trotz der Hitze schon wieder von Kopf bis Fuß eingepanzert war. Mist! Mika fluchte innerlich und setzte dann schnell ein unschuldiges Lächeln auf.

»Ihr seid aber echt früh wach«, sagte sie im Plauderton und erntete dafür nur ratlose Blicke.

»Wieso früh?«, fragte Sam. »Es ist schon halb sechs. Wir haben schon zwei Wassertränken repariert, die Fohlen entwurmt und –«

»Und wollten jetzt gerade ein Pferd für meine REITSTUNDE holen!«, fiel Walter ihr frohlockend ins Wort und sah Sam an, als wolle er ihr am liebsten gleich um den Hals fallen. Mika konnte gerade noch ein Grinsen unterdrücken, als sie bemerkte, dass die coole Sam, die solch offenkundige Bewunderung wohl nicht gewohnt war, knallrot anlief.

»Äh ja«, stammelte sie. »Aber gerade fällt mir ein, dass mein Vater mich gebeten hatte, die Jungpferde umzutreiben und … ich … mache das jetzt doch lieber gleich.« Mika sah, wie Walters schmales Gesicht bei diesen Worten verwelkte wie ein Kopfsalat in der Mittagshitze.

»Aber … aber …«, stammelte er enttäuscht und sah Sam mit großen Dackelaugen an.

»Ich habe wirklich keine Zeit. Aber Mika gibt dir sehr gerne eine Reitstunde, stimmt's?«, sagte Sam und grinste plötzlich bei diesem Geistesblitz.

»Mika?«, Walter zwinkerte nervös.

»Ja, Mika. Also Sonja. Mika heißt eigentlich Sonja. Umgekehrt. Ihr macht das schon!«, sagte Sam plötzlich in bester Laune und zwinkerte Mika zu, die ihren Blick so böse wie möglich erwiderte. »Und wenn ihr fertig seid, dann kommt mich suchen, es gibt noch ein paar Kilometer Zäune, die geflickt werden müssen!«

Bevor Mika wusste, wie ihr geschah, stand sie neben Ostwind im sandigen Viereck des Reitplatzes und befestigte einen speckigen Westernsattel auf seinem Rücken. Walter stand hinter ihr und überprüfte mit zitternden Fingern zum hundertsten Mal den vorschriftsmäßigen Sitz seiner Sicherheitsweste.

»Das macht ihr schon«, äffte Mika Sam leise nach. Nachdem die gegangen war, hatte Mika es einfach nicht übers Herz gebracht, den armen Walter noch einmal zu enttäuschen. Also hatte sie beschlossen, ihn einfach ein paarmal auf Ostwinds Rücken im Kreis zu führen und sich danach gleich auf den Weg nach Ora zu machen! Ostwind drehte sich fragend zu ihr um, als Mika den ungewohnten Sattelgurt um seinen Bauch festzurrte.

»Nur ein paar Runden, okay?«, versicherte sie ihm flüsternd und Ostwind legte ergeben die Ohren an.

»Fertig! Kannst aufsteigen«, sagte sie dann und trat zurück.

Walter sah sie erschrocken an.

»Aufsteigen? Jetzt? Gleich? Machen wir nicht noch ein bisschen … Theorie vorher? Ein paar Trockenübungen?«

»Äh. Nein«, sagte Mika, die beim besten Willen nicht wusste, wie man theoretisch auf ein Pferd steigen konnte. »Du steigst einfach auf. So«, sagte sie und schwang sich wie gewohnt aus dem Stand auf Ostwinds Rücken. Doch als sie Walters völlig entsetzten Blick sah, stieg sie schnell wieder ab und fügte mit einem entschuldigenden Lächeln hinzu. »Oder, na ja, vielleicht nimmst du einfach den Steigbügel.«

Walter ging vorsichtig einen Schritt auf Ostwind zu. »Und er ist ganz brav?«, fragte er unsicher.

Mika nickte ernst.

»Wie ein Lamm. Schon immer.« Ostwind hob bei diesen Worten empört den Kopf, doch Mika knuffte ihn liebevoll in die Seite. »Mach dir keine Sorgen, ich bin ja da«, sagte sie dann – mehr zu Ostwind als zu ihrem Reitschüler – und hielt Walter den Steigbügel hin. Sie hatte zwar keine Ahnung, ob das so richtig war, aber sie hatte ihre Großmutter oft genug beim Reitunterricht beobachtet und das ging zumindest in die richtige Richtung. Nach ein paar hilflosen Versuchen, bei denen Mika mehrmals nur mit Mühe ein Lachen unterdrücken konnte, war Walter endlich auf Ostwinds Rücken angekommen. Und strahlte wie ein Schneekönig bei Neuschnee.

»Ich reite! Ich reite tatsächlich!«, stieß er ungläubig hervor und Mika brachte es nicht übers Herz ihm zu sagen, dass er genau genommen noch stand.

»Dann wollen wir mal«, sagte sie und wollte gerade losgehen, als Walter über ihr so laut quietsche, dass sie erschrocken innehielt und Ostwind alarmiert den Kopf hochriss. »Haaaalt. Meine Airbagweste! Ich muss die Weste noch am Sattel einhaken!«

»Air-bag-weste?«, wiederholte Mika verständnislos.

»Ja, wie beim Auto! Wenn man runterfällt, bläst sie sich

auf und nichts passiert«, sagte Walter stolz und hakte gleichzeitig ein rotes Seil in eine Öse am Sattelknauf. »Sicher ist sicher«, sagte er zufrieden und setzte sich dann in den Sattel, als wäre er im Kino und der Film würde jeden Moment losgehen.

»Okay«, sagte Mika und Ostwind warf ihr einen Blick zu, als würde er sich nun ernstlich fragen, was zum Teufel da auf seinem Rücken los war.

»Dann los!«, sagte sie. Sie machte einen Schritt nach vorn, Ostwind machte einen Schritt nach vorn und im selben Moment ertönte ein überraschter Laut und Walter, von der plötzlichen Bewegung überrumpelt, kippte nach hinten aus dem Sattel wie ein Sack Kartoffeln. Das Seil an Ostwinds Sattel spannte sich und mit einem fauchenden Zischen blies sich die Airbagweste auf und verwandelte Walters schmale Gestalt sekundenschnell in ein unförmiges Michelin-Männchen. Ostwind und Mika hielten erschrocken den Atem an und sahen zu, wie er wie ein riesiger weißer Luftballon über den staubigen Reitplatz davonkullerte. Als er nach einigen Umdrehungen endlich zum Stillstand gekommen war und sich mühsam aus dem Sand gekämpft hatte, drehte er sich strahlend zu Mika um und gab ihr ein Daumen-hoch-Zeichen.

»Super fürs erste Mal, oder?«

Mika nickte langsam, dann reckte auch sie mit einem bemühten Lächeln ihren Daumen hoch. »Ganz super!«

Mikas innerer Uhr nach war es immer noch mitten in der Nacht, als sie endlich auf Ostwinds Rücken durch das große Tor der Hacienda ritt. Es war früh am Morgen, der endlose andalusische Himmel lag wie ein dunstiges, blaues Zelt über der Weite vor ihr und Mika fühlte sich ein bisschen wie ein Cowboy, der in ein neues Abenteuer aufbrach. Nach dem abrupten Ende ihrer ersten Reitstunde hatte sie befürchtet, dass aus ihrem heimlichen Ausflug heute nichts mehr werden würde, doch Sam war ihr unerwartet zu Hilfe gekommen. Sie hatte eigentlich zusammen mit Mika weiter an den Zäunen arbeiten wollen, aber kurz bevor sie losreiten wollten, hatte ihr Vater nach ihr gerufen und sie hatte Mika widerwillig allein losgeschickt, um die maroden Gatter zu flicken. Nur dass Mika das nicht im Mindesten vorhatte. Sam hatte ihr zwar ein klobiges Funkgerät ausgehändigt, um mit ihr in Verbindung zu bleiben, aber diese Dinger waren einfach nicht zuverlässig und konnten sich schon mal von selbst abschalten, dachte Mika mit einem Grinsen. Seit Langem hatte sie sich nicht mehr so gut gefühlt und auch Ostwind schien nach ihrem Besuch in Ora fast wieder der Alte zu sein. Mika war so in diese Gedanken versunken, dass ihr erst nach einer ganzen Weile auffiel, dass sie keine Ahnung hatte, wo genau sie eigentlich hinritt. Mist! Ihr Orientierungssinn war einfach nicht zu gebrauchen. Doch im selben Moment merkte sie, dass Ostwind zielstrebig einen Huf vor den anderen setzte und sie entspannte sich lächelnd. Wie immer wusste der Hengst genau, wo sie waren und wo sie hinmussten.

11. Kapitel

Als sie die Quelle erreichten, war Mika wie bei ihrem gestrigen Besuch einen Moment lang komplett gefangen von dem Zauber dieses Ortes. Sie saß auf Ostwinds Rücken im tanzenden Schatten der hellgrünen Blätter und sah auf das glitzernde Wasser des Felsenbeckens. Unwillkürlich griff sie in die Tasche ihrer Jeans nach ihrem Handy, um ein Foto zu machen und es an Fanny zu schicken. Sie konnte das schiefe Lächeln ihrer besten Freundin förmlich vor sich sehen, wenn sie das Foto erhielt.

»Schicke Kitschpostkarte. Fehlt nur noch ein grasendes Einhorn.«

Ja, das klang nach Fanny. Doch ihr Handy war nicht da und Fanny auch nicht. Mika seufzte und beschloss, sie später endlich anzurufen. Sie wollte sich gerade von dem malerischen Anblick losreißen, als ihr etwas auffiel. Um die Stämme der mächtigen Bäume, die die Quelle bewachten, waren rote Bänder geknotet.

»Das war gestern doch noch nicht, oder?«, sagte sie nachdenklich zu Ostwind, der aufmerksam neben ihr stand. Seine Nüstern blähten sich weit, wie um zu bestätigen, dass auch er die Veränderung wahrnahm. Mika rutschte von seinem Rücken, ging zu einem Baum und untersuchte die seltsamen Markierungen. »WaterLife« stand in schwarzen Buchstaben auf dem billigen, roten Plastikstreifen.

Die Hubschrauber fielen ihr ein, die gestern hier gelandet waren, doch sie konnte sich beim besten Willen keinen Reim darauf machen. In diesem Moment machte Ostwind neben ihr einen Schritt nach vorn. Er senkte den Kopf auf den Boden wie ein Suchhund und schob dabei die dichten Fächer der Farne beiseite, die zwischen den Bäumen wuchsen. Und nun sah Mika einen kleinen Trampelpfad, der zwischen den Steineichen hindurchführte. Ihr Puls beschleunigte sich. Genau an der Stelle war Tara gestern verschwunden.

»Nicht schlecht, Sherlock!«, sagte sie und klopfte anerkennend auf seine runde Hinterbacke. Doch Ostwind schritt bereits mit erhobenem Schweif den Pfad entlang. Mika folgte ihm gespannt.

Unbeirrt führte der schwarze Hengst Mika den schmalen Weg hinauf, der zunehmend wilder wurde. Er führte verschlungen durch einen lichten Wald und wand sich dann durch dichtes, dorniges Gestrüpp eine felsige Anhöhe empor. Mika kamen langsam Zweifel, ob ihre Idee wirklich so gut gewesen war. Sie war hier meilenweit allein, auf dem Weg zu einer verrückten Frau. Einer bewaffneten verrückten Frau!

»Jetzt warte mal, vielleicht sollten wir …«, begann sie und beschleunigte ihren Schritt, um Ostwind einzuholen. Der Hengst war gerade wenige Meter vor ihr stehen geblieben und sah mit gespitzten Ohren und gespanntem Hals geradeaus.

»... lieber wieder umkehren«, beendete sie ihren Satz. Doch im selben Moment sah sie, dass es zu spät war: Sie hatten Taras Haus bereits gefunden.

Wieder hätte Mika alles dafür gegeben, diesen Anblick für Fanny festhalten zu können. Taras Haus sah einfach unwirklich aus. Es war vor vielen Jahren sicher einmal ein stattliches Herrenhaus gewesen, aber seitdem hatte es sich die Natur Stück für Stück einverleibt.

Efeu und Waldreben kletterten kreuz und quer die verwitterten Wände hoch, dichte Brombeersträucher hatten es sich auf der Veranda gemütlich gemacht und auf den breiten Stufen zur Eingangstür lag ein dichter Teppich aus Moos und bunten Flechten. Sieht aus wie eine sehr wilde Version von Dornröschens Schloss, dachte Mika beeindruckt, als sie neben Ostwind den schmalen Pfad auf das Haus zuging. Er führte durch eine Wiese aus magerem, kurzem Gras und Mika fragte sich gerade, wie es sein konnte, das bei all der Verwilderung das Gras nicht höher war, als sie die Antwort vor sich auf dem Boden liegen sah: Pferdeäpfel!

»Hallo, ist da jemand?«, rief Mika leise, doch es kam keine Antwort. Zaghaft kletterte sie die Stufen zur Veranda hoch und spähte durch das viereckige Loch, dass wohl einmal ein Fenster gewesen war. »Hallo?«, rief sie, nun etwas lauter, doch sie hörte nur ihr schwaches Echo durch die leeren Räume hallen.

»Ich bin gleich wieder zurück«, flüsterte sie Ostwind zu, dessen aufmerksam gespitzte Ohren wie wachsame Antennen in die Luft ragten. Er wieherte leise und dann tauchte sein Kopf in das kurze Gras.

Im Haus war es wesentlich kälter als draußen. Das gesamte untere Stockwerk, durch das Mika nun ehrfürchtig wanderte, bestand nur aus einem einzigen großen Raum. Zwischen den Dielen im Holzboden schossen hohe Weidengräser empor, in dem alten Kamin lag ein verlassenes Vogelnest und ein grün belaubter Avocadobaum schlängelte sich an der Wand entlang. Das einzige Mobiliar im Raum war ein einfacher, blank gescheuerter Holztisch, ein Stuhl und unter dem rahmenlosen Fenster stand in einer Ecke ein Holzbett mit einer bunten Decke. Über dem Bett hatte jemand mit blasser Farbe ein großes Bild direkt auf den Stein gemalt. Mika trat langsam näher. Und fühlte, wie sich die feinen Haare auf ihren Armen aufstellten. Sie kannte das Bild. Besser gesagt: das Motiv. Es zeigte ein großes silbergraues Pferd das schützend neben einer eingerollten menschlichen Gestalt stand. Einer Frau, wie Mika jetzt sah. Sie hatte den Kopf auf ihre Hände gebettet und ihre Augen waren geschlossen, denn sie schlief. Plötzlich war Herr Kaans Stimme in ihrem Ohr, als würde er in diesem Moment neben ihr stehen.

»*Nojrsodsch.* Der Schläfer. Mit der Gabe geboren, die Sprache der Pferde zu verstehen.« Mikas Gedanken überschlugen sich in ihrem Kopf. Wie konnte das sein?

»Ich dachte schon, dass wir uns wiedersehen«, ertönte eine klare Stimme hinter ihr und Mika drehte sich um.

Tara stand vor ihr. Sie sah aus wie am Tag zuvor, doch zu Mikas Erleichterung hatte sie diesmal kein Gewehr im Arm. Aber auch wenn, sie hätte sich nicht mehr vor ihr gefürchtet.

»Von allen, die mein Bruder eingefangen hat, habe ich mir um ihn die meisten Sorgen gemacht«, sagte Tara mit ruhiger Stimme. Sie stand nun vor Ostwind, der vertrauensvoll seinen Kopf zu ihr gebeugt hatte, und strich ihm sanft über den weißen Stern auf seiner dunklen Stirn. »Er hat eine empfindsame Seele und einen starken Willen. Das ist für ein Pferd eine gefährliche Kombination.« Dann korrigierte sie sich: »Nein. Nicht für das Pferd. Nur für die Menschen.« Mika stand reglos da und sah dem Wiedersehen der beiden zu. Jede Faser ihres Körpers stand unter Hochspannung. Bis hierher, in diese Wildnis, hatte sie das unscheinbare Zeichen auf Ostwinds Flanke geführt. Sie war am Ziel.

Tara wandte sich an Mika. Sie musterte sie einige Augenblicke lang und entschied dann: »Aber er hatte wohl Glück. Er hat dich gefunden.« Mika schluckte. Ihre Kehle war wie ausgetrocknet.

»Eher ich ihn«, sagte Mika, der beim besten Willen nichts Besseren einfiel. Tara lächelte und mit einem Mal war alle Härte aus ihrem braun gebrannten Gesicht verschwunden.

»Ihr euch. Können wir uns darauf einigen?«

Mika lächelte zurück. »Ja.« Und dann endlich stellte sie die Frage, die ihr seit Tagen auf der Zunge lag. »Er ist also hier geboren? Und dann eingefangen worden?«

So plötzlich wie es gekommen war, verschwand das Lächeln aus Taras Gesicht als sie nickte.

»Ja. Er fängt immer ein paar Jährlinge ein. Hengste, meistens. Sie haben gute Gene und lassen sich teuer verkaufen. Und das ist alles, was ihn interessiert.« Mika erschrak über den harten Ton. Sie dachte an Sam, die ihr erklärt hatte, dass sich die Pferde unkontrolliert vermehren würden, wenn man sie nicht einfing.

»Bis jetzt habe ich nie etwas unternommen«, fuhr Tara fort. »Aber jetzt ist er zu weit gegangen. Das nächste Mal werde ich mich wehren.« Es klang wie eine Kriegserklärung. Mika wollte gerade etwas erwidern, als Taras Aufmerksamkeit sich wieder auf Ostwind richtet. »Wie heißt er denn?«, fragte sie. Verwirrt sah Mika sie an.

»Ostwind. Aber das ... wissen Sie doch. So haben Sie ihn doch gestern genannt!« Tara sah überrascht auf.

»So hab ich ihn genannt, ja. Ich dachte nur nicht ... ich dachte, Petros würde ...« Sie schüttelte den Kopf, als wolle sie jetzt nicht weiter darüber nachdenken. Sie sah Mika ruhig an.

»Und du heißt?«

»Mika.«

»Dann komm, Mika. Ich würde dir gerne Ostwinds Familie vorstellen.«

Mit diesen Worten hatte Tara sich umgedreht und Mika und Ostwind waren ihr über einen weiteren schmalen Pfad auf die andere Seite des Hauses gefolgt. Mika sah jetzt, dass Taras Haus in einer Art Senke lag, umgeben von weitem Grasland, das in weichen Terrassen rund um das Anwesen anstieg. Mit wild klopfendem Herzen stand sie neben Ostwind. Sie hatte eine Hand auf seinen Rücken gelegt, wie um sich zu versichern, dass er noch bei ihr war. Denn was da vor ihnen lag, war nicht weniger als ein Paradies für Pferde. Und vor allem: sein Zuhause.

Tara blieb stehen und stieß einen melodischen Pfiff aus. Eine Weile geschah nichts. Dann spürte Mika eine leichte Vibration im Boden. Wie ein Welle, die sich dem Strand näherte, wurde sie immer stärker und stärker bis sie eine Staubwolke am Horizont sah. Ostwind neben ihr stieß ein wildes Wiehern aus. Er stieg auf die Hinterbeine und dann galoppierte er los, der Herde entgegen, die sich nun aus der Staubwolke gelöst hatte und den Abhang hinunter auf sie zuwogte.

Es war ein Moment, den sie nie in ihrem ganzen Leben vergessen würde. Die wilden Pferde nahmen Ostwind in ihrer Mitte auf und plötzlich war auch Mika ein Teil ihrer unbändigen Energie. Die Pferde waren um sie, Schimmel, Schecken, Braune, Rappen, sie war mit ihnen, da war nur Licht ohne Schatten. Sie umtanzten Mika, die ihre Hand nach ihnen austreckte, sie berührte und gehen ließ. Sie fühlte die Kraft und Sicherheit der Herde und schloss die Augen, um sich dieses Gefühl für immer zu merken. Ein Gefühl, für das sie keinen Namen wusste. Sie öffnete die Augen und in diesem Moment traf ihr Blick auf Taras, die neben ihr stand und sie wissend anlächelte.

»Spürst du das?«, fragte sie. »Das ist Freiheit!«

Mika wusste nicht, wie lange sie hier schon im Gras saß und die Herde beobachtete, die nun, Ostwind in ihrer Mitte, friedlich um sie herum graste. Aber die Sonne war schon ein gutes Stück tiefer gerutscht und sie schloss daraus, dass wohl schon einige Stunden vergangen sein mussten. Tara saß schweigend in einiger Entfernung und auch ihr Blick ruhte auf den wilden Pferden.

»Man braucht keine Menschen, wenn man das hier haben kann.« Mika sah überrascht auf. Hatte Tara das eben gesagt, oder war das nur in ihrem Kopf? Denn die große Frau saß mit unverändert unbewegter Mine da und sah sie nicht an. Wer auch immer es gesagt hatte, er hatte recht, dachte sie. Im selben Moment sagte Tara und diesmal spürte Mika ihren ruhigen Blick: »Wir sind uns sehr ähnlich, du und ich. Das spürst du auch.« Es war keine Frage, sondern eine Feststellung. Mika nickte langsam. Doch dann tauchten Gesichter um sie auf. Ihre Mutter, ihr Vater, ihre Großmutter. Herr Kaan, Fannys lachendes Gesicht, Sams verschmitzte braune Augen. Und ... Milan.

»Nein«, sagte sie, plötzlich entschieden. »Man braucht beides, Menschen und Pferde.«

Tara stand auf. »Nicht, wenn es Menschen sind wie mein Bruder«, sagte sie hart. »Er hat mein Pferd eingefangen. Und er weiß, was sie mir bedeutet.«

Mika erhob sich ebenfalls und als sie Tara nun gegenüberstand, stellte sie überrascht fest, dass sie genau gleich groß waren. Überhaupt war es ein bisschen so, als sähe Mika in einen Spiegel. Zugegeben einen Spiegel, der sie sehr alt aussehen ließ.

»Ich glaube nicht, dass er sie eingefangen hat. Sam hat gesagt …«, begann sie. Als der Name ihrer Nichte fiel, erschien ein wehmütiger Zug um Taras schmale Lippen.

»Sam. Sam betet den Boden an, auf dem ihr Vater geht. Und er sieht nicht, was er ihr antut. Sie hat viel Gefühl für Pferde, aber er …«, sie machte eine verächtliche Handbewegung. »Und wenn stimmt, was du gesagt hast, hat er jetzt Ora verkauft. Ora ist das Herz. Ohne die Quelle kann kein Pferd hier leben.« Sie nickte zu der grasenden Herde und in diesem Moment hob Ostwind den Kopf und sah Mika an. Er sah völlig ruhig aus und glücklich und … richtig. Sie fühlte, wie sich eine kalte Schraubzwinge um ihr Herz legte, als plötzlich die Puzzlesteine in ihrem Kopf an ihren Platz fielen: WaterLife. Die Hubschrauber. Die Markierungen an den Bäumen.

Mika sah Tara entsetzt an: Sie hatte recht. Es ging nicht um irgendein Stück Land, das Petros verkauft hatte. Es ging um das Wasser!

Es war nicht leicht gewesen, Ostwind zu überreden, mit ihr zu kommen. Das war ein neues Gefühl für Mika, doch sie hatte jetzt keine Zeit, sich damit näher zu beschäftigen. Staub wirbelte in Mini-Tornados um Ostwinds Hufe, als er nun im gestreckten Galopp durch das magere Grasland jagte.

Sie musste so schnell wie möglich zurück zur Hacienda! Sie musste … doch an diesem Punkt kam ihre Gedankenachterbahn aus voller Fahrt ins Stocken. Was eigentlich? Was konnte sie schon tun? Als wäre der Hengst ihren Gedanken gefolgt, grub er plötzlich ohne Vorwarnung die Vorderhufe in den staubigen Boden und machte eine Vollbremsung. Dabei riss er den Kopf hoch und drehte eine Linksschraube und Mika wäre um ein Haar von seinem Rücken gerutscht. Noch etwas, das zuvor noch nie passiert war. Als er zum Stillstand gekommen war, sprang sie von seinem Rücken und stand schwer atmend neben ihm.

»Was machst du? Was soll das?«, entfuhr es ihr und Mika war verwundert, wie zornig sie auf einmal war. Doch Ostwind sah sie nicht an. Mit weit aufgerissenen Augen bog er den Hals und schnaubte voller Unruhe. Jetzt begriff Mika. Er wollte nicht umkehren. Er hatte etwas gewittert.

Mika schirmte ihre Augen gegen das gleißende Sonnenlicht ab und versuchte, die Ursache für Ostwinds Alarm zu finden. Gab es in Andalusien Leoparden oder irgendwelche anderen gefährlichen Tiere? Wenn sie nur im Biounterricht besser aufgepasst hätte! Doch dann wäre der Hengst wohl kaum stehen geblieben. Mika sah ihn an.

»Wo?«, fragte sie leise und legte eine Hand auf seinen Rücken. Das Fell unter ihren Fingern zitterte. Sie spürte, dass er Angst hatte. Noch einmal drehte sie sich langsam um ihre eigene Achse: Ginsterbüsche, Felsbrocken, Gestrüpp, trockenes Gras. Ihr Blick wanderte zurück zu den Felsen. Und dann sah sie es. Einen silbergrauen Ast, der hinter einem der Findlinge hervorragte. Und sich bewegte. Kein Ast, schoss es ihr in den Kopf. Ein schlankes Bein. Ein Huf. Mika rannte los.

12. Kapitel

Das silbergraue Pferd lag auf der Seite und hatte die Augen geschlossen, die schwarz waren von schillernden Fliegen. Seine dunklen Nüstern waren blutig und rissig und auch hier kreisten schon Schwärme kleiner Blutsauger. Offenbar war das Tier mit dem Hinterhuf in einer Felsspalte steckengeblieben und hatte sich nicht mehr befreien können. Für einen Moment dachte Mika, dass sie zu spät waren. Doch dann sah sie, wie der Brustkorb sich flatternd hob und wieder senkte. Sie rannte zu dem verletzten Pferd, fiel neben ihm auf die Knie und streichelte es behutsam.

»Alles gut. Wir sind da. Wir sind ja da!«, murmelte sie sanft. Mit einem kaum hörbaren Schnauben öffnete die graue Stute die Augen und in diesem Moment wusste Mika, welches Pferd sie vor sich hatte. Die Augen waren zwar matt und leblos, aber die Farbe war unverkennbar. Ein warmes, goldenes Braun. Es waren Ostwinds Augen und das hier war Calima, Taras Stute. Ostwinds Mutter. Auch der schwarze Hengst schien das zu wissen, denn er stand neben dem reglosen Pferd und schnupperte sanft über das stumpfe, silbergraue Fell, als wolle er Calima ins Leben zurückstupsen. Mika spürte, dass sie nicht mehr viel Zeit hatten, bevor der letzte Rest Lebensenergie die Stute verließ. Sie sprang auf.

»Nein! Nicht nochmal!«, entfuhr es ihr unwillkürlich. Sie musste Hilfe holen! Nur wie?! Kein Handy und zur Hacienda war es sicher noch eine halbe Stunde. Da fiel es ihr ein. Sie rannte zu Ostwind, fummelte mit zitternden Fingern an der Satteltasche und zog das ungewohnte schwarze Ding heraus. Sie drückte auf alle Knöpfe und schließlich erwachte das Funkgerät knisternd zum Leben.

»Hallo? HALLO!«, brüllte Mika atemlos und war nie glücklicher, Sams wütende Stimme zu hören.

»MIKA! VERDAMMT NOCH MAL WO STECKST DU?«

Kaum fünfzehn Minuten später sah Mika den schweren Geländetransporter kommen, dessen mächtige Räder sich mit beachtlicher Geschwindigkeit in den staubigen Boden gruben und dann wenige Meter von der Felsengruppe entfernt zum Stehen kamen. Mit grimmiger Miene kam der breitschultrige bärtige Mann in schnellen Schritten auf Mika zu. Er hatte einen silbernen Metallkoffer dabei und drückte Mika, die von ihrem Wachposten am Kopf der Stute aufgestanden war, wortlos zur Seite. Mit geübten Griffen untersuchte er das verletzte Pferd, doch seine riesigen Pranken waren überraschend behutsam dabei.

»Wir müssen sie mitnehmen. Sie ist vor allen Dingen dehydriert. Das Bein ist aber nicht gebrochen, das wäre ihr Todesurteil gewesen«, sagte er wenig später und rief dann in schnellem Spanisch zwei Männer herbei, die nun aus dem Transporter stiegen.

Augenblicke später hatten die Männer die Stute sicher auf den Transporter geladen. Mika hatte staunend zugesehen, wie schnell und gekonnt sie das schwer verletzte Tier auf die breite Landefläche verfrachtet hatten. Einer der beiden hielt nun eine Infusionsflasche, der andere hielt den Kopf des Pferdes in seinem Schoss. Petros wollte gerade in die Fahrerkabine einsteigen, als eine Stimme ihn stoppte.

»Dass du so weit gehst, hätte ich nie gedacht.« Tara stand vor ihm und versperrte ihm den Weg, das Gewehr im Anschlag. Mika hielt erschrocken den Atem an, doch Petros verzog keine Miene.

»Tara«, sagte er, und es klang vor allem müde. »Calima ist schwer verletzt. Das passiert Pferden, die wild leben. Der Preis der Freiheit. Wenn ich sie jetzt nicht mitnehme, stirbt sie«, sagte er und sah seine Schwester ruhig an. »Aber ganz wie du willst.« Mika konnte spüren, wie die Luft zwischen den beiden Geschwistern glühte. Tara stand still da und sah Petros an.

»Sie werden alle sterben.«

»Was?« Petros dunkle Brauen zogen sich zusammen.

»Du hast die Quelle verkauft. Du willst mich zwingen, sie aufzugeben. Aber das werde ich nicht.«

»Ich habe Ora an die Gemeinde zurückgegeben. Ich brauchte das Geld für meine Existenz. Für *meine* Pferde. Ich zwinge dich zu gar nichts!« Seine Stimme wurde nun gefährlich laut. Tara hob drohend das Gewehr, doch Petros fuhr fort. »Ich habe mich lange genug vor dich und deine verrückten Ideen gestellt. Jetzt kannst du dich mit der Gemeinde auseinandersetzen, ob du und die Pferde auf dem Land bleiben können oder nicht. Mir ist es egal!«

»Es ging immer nur um dich, nie um die Pferde«, begann Tara mit vor Wut bebender Stimme, als plötzlich eine ebenso laute Stimme beide herumfahren ließ.

»Es geht jetzt nicht um euch!« Mika zitterte vor Wut. Es war ihr egal, ob Tara ihr gleich eine Kugel ins Bein jagen würde, sie konnte diesen sinnlosen Streit nicht länger ertragen. Sie wandte sich an Tara. »Calima wird sterben, wenn du sie ihm nicht mitgibst.« Ohne dass sie es verhindern konnte, tauchten plötzlich Bilder der Stute 34 vor ihr auf. Sie konnte nicht zulassen, dass noch ein Pferd starb, weil jemand nur an sich dachte. »Und sie haben Ora nicht an die Gemeinde verkauft, sondern an irgendeine Firma. Die wollen das Wasser!«

»Was sagst du da?«, Petros machte nun einen drohenden Schritt auf Mika zu. Doch Mika ließ sich nicht einschüchtern. »Die Firma heißt WaterLife. Die wollen Ora! Hier!« Und mit diesen Worten zog sie eines der orangefarbenen Bänder aus der Tasche, das sie bei der Quelle gefunden hatte und hielt es Petros mit zitternden Fingern hin.

Für einen Moment starrte der große Mann wortlos auf das flatternde Plastik.

»WaterLife?«, sagte er schließlich und seine Stimme klang nun nicht mehr wütend, sondern entsetzt.

»Das kann nicht sein. Die müssen … sie müssen das Land weiterverkauft haben.« Er war unter seiner sonnengegerbten Haut ganz blass geworden und starrte vor sich auf den Boden. Tara sah ihn an, dann ließ sie das Gewehr sinken. Petros hob langsam den Kopf und sah sie an. »Das … es tut mir leid, Tara. Ich wollte nicht, dass es soweit kommt.« Die nächsten Worte fielen ihm sichtlich schwer, aber er sagte sie dennoch: »Ich habe einen Fehler gemacht.«

Tara sagte einen Moment lang gar nichts. Dann nickte sie fast unmerklich mit dem Kopf. »Nimm sie mit. Tu was du kannst. Das werde ich auch. Wenn sie Ora wollen, müssen sie erst an mir vorbei.« Und mit einem letzten Blick zu dem wartenden Transporter ging sie davon.

Als Mika endlich zur Hacienda zurückkam, schimmerten bereits die ersten Sterne am dämmerigen Abendhimmel. Sie stand immer noch unter Schock. Zu viel war an diesem Tag passiert.

Sie hatte Ostwind in eine Box gebracht, frisches Heu in seine Futterraufe gefüllt und sich dabei bemüht, den Hengst ihre Erschütterung nicht spüren zu lassen. Doch statt zu fressen, hatte er sie nur still angesehen und Mika wusste, dass sie Ostwind von allen am wenigsten täuschen konnte. Sie fühlte sich elend. Sie hatte ihn hierhergebracht. Seine Heimat gefunden. Und jetzt spürte er, dass seine Herde in Gefahr war.

Auf leisen Sohlen schlich Mika zurück in ihre Unterkunft. Vor dem Stall parkte der große Transporter und sie hörte Stimmengewirr. Kurz hielt sie inne. Calima wurde offenbar gut versorgt und obwohl sie gerne gewusst hätte, wie es um die silbergraue Stute stand, beschloss sie, Petros heute lieber nicht noch einmal unter die Augen zu kommen. Sie wollte auch Sam nicht begegnen, die sicher immer noch sauer wegen des abgeschalteten Funkgeräts war. Und auf keinen Fall wollte sie …

»Sonja, bist du das?«, flüsterte es in diesem Moment hoffnungsvoll neben ihr und Mika musste sich zusammenreißen, um sich nicht mit der flachen Hand auf die Stirn zu schlagen. Nein, nein, nein. Doch da stand Walter schon vor ihr und lächelte sie an, als sei eben die Sonne aufgegangen. »Ich wollte dir noch sagen, wie absolut un-ver-gess-lich meine Reitstunde heute Morgen war!«

»Tatsächlich? Ich meine nur … na ja, du bist beim ersten Schritt runtergefallen«, erwiderte sie einigermaßen ratlos. Doch Walter strahlte nur noch heller.

»Ja! Und ich habe den ganzen Tag darüber nachgedacht und denke jetzt, ich muss einfach, wenn das Pferd losgeht, seiner Bewegung FOLGEN!« Er sah Mika so erwartungsvoll an, als habe er soeben das Welträtsel gelöst. Mika seufzte. Irgendwie mochte sie das lange Elend mit seinem unverbesserlichen Enthusiasmus sogar.

»Ja. Das ist auf jeden Fall mal ein guter Anfang«, sagte sie deshalb freundlich, »aber ich bin jetzt sehr müde und würde gerne …«

»Klar, klar – natürlich, natürlich«, sagte er und trat eilig zur Seite.

»Ach übrigens: Heute ist noch eine Work-and-Travel-Kollegin angekommen. Und sie heißt lustigerweise genau wie du: Sonja. Leider sind alle Unterkünfte belegt und da hat Sam sie bei dir einquartiert.« Mika schloss müde die

Augen. Auch das noch! Sie brauchte jetzt Ruhe, um nachzudenken und keine aufgedrehte Globetrotterin als Zimmergenossin. Doch als sie vor ihrer Hütte ankam, brannte drinnen schon Licht. Mika holte tief Luft und drückte dann beherzt die knarrende Tür auf. Sonja war vielleicht gar nicht so schlimm, vielleicht – doch weiter kam sie nicht, denn da sah sie etwas, das ihre schlimmsten Befürchtungen bestätigte. Auf dem unteren Stockbett saß ein winziger, schwarz-weißer Schoßhund mit fluffigem Fell und einem pinkfarbenem Strasshalsband und knurrte sie übellaunig an. Wer so einen Hund hatte, konnte eigentlich nur schrecklich sein! Mika sank erschöpft auf den einzigen, wackeligen Stuhl ihrer Hütte und vergrub das Gesicht in ihren Händen. Das war zu viel. Sehnsucht riss plötzlich heftig an ihrem Herzen, als sie an das rote Backsteinhaus auf Kaltenbach dachte, den alten Fachwerkstall, die vertrauten grünen Weiden und alle Menschen, die sie dort zurückgelassen hatte und die ihr jetzt schrecklich fehlten. Besonders Fanny. Sie hätte ihren rechten Arm dafür gegeben, wenn Fanny jetzt hier wäre. Es gab niemanden, der Probleme besser lösen konnte als ihre beste Freundin. Sie seufzte laut und fasste im selben Moment einen Entschluss. Morgen in aller Früh würde sie die Hacienda verlassen und Ostwind zurück nach Kaltenbach bringen. Sie würde nicht mitansehen, wie Ora der hirnrissigen Familienfehde dieser beiden Starrköpfe zum Opfer fiel! Kaum hatte sie diesen Gedanken beendet, hörte sie, wie die Bretter der windschiefen Veranda vor ihrer Tür knarzten und Sonja, ihre neue Zimmergenossin, leise vor sich hin schimpfte. »Dusche nennen die das? Das ist ja wohl ein schlechter Witz!« Die Tür ging auf, das Hündchen auf dem Bett begann wieder drohend zu knurren und ins Zimmer kam: Fanny! Mikas Kinnlade klappte runter und blieb dort hängen. War das jetzt eine Fata Morgana? Wenn ja, hatte sie nasse Haare, die noch voller weißem Schaum waren und einen ziemlich grimmigen Ausdruck im Gesicht. Als Fanny Mika sah, hielt sie einen Moment überrascht inne, dann erschien ein frohes Grinsen auf ihrem sommersprossigen Gesicht. »Sieh an. Bist du auch schon da. Ich hab versucht, da draußen unter dieser Gartenschlauch-Gießkannen-Missgeburt zu duschen, aber das Ding hat mittendrin den Geist aufgegeben.« Weiter kam sie nicht, denn Mika war aufgesprungen und ihrer Freundin um den Hals gefallen. Sie wurde zwar überall voller Schaum dabei, aber das war ihr egal. Fanny! Es war wirklich und leibhaftig Fanny!

13. Kapitel

Eine Stunde später saßen die beiden Mädchen Seite an Seite auf den Stufen der Veranda ihres »Bungalows«, wie Fanny die Bretterhütte getauft hatte, und sahen schweigend in den mächtigen andalusischen Sternenhimmel.

»Das ist aber mal wirklich ziemlich … krass«, fasste Fanny schließlich Mikas Bericht nüchtern zusammen. Sie war immer noch sichtlich damit beschäftigt, die Wucht der Ereignisse zu verdauen. »So viel *kann* in einer Woche gar nicht passieren. Das ist eigentlich kosmisch unmöglich.«

»Leider nicht«, sagte Mika und schüttelte leise den Kopf. »Aber … wie kommst du eigentlich hierher?« Dieses unwichtige Detail hatte sie in all der Aufregung glatt vergessen.

Fanny machte eine beiläufige Geste. »Na ja: Andalusien. Ora. Google. Flugzeug. Taxi. Easy«, sagte sie, als sei das nun wirklich nichts Besonderes. Und dann fügte sie doch etwas ausführlicher hinzu: »Nachdem dein Handy tot war, wollte ich eigentlich Sam anrufen, um zu fragen was los ist, aber dann dachte ich … vielleicht momentan besser, wenn ich das nicht mache«, fügte sie unbestimmt hinzu. »Und wenn DU schon mal verreist, dann dachte ich – nicht ohne mich. Paris war ohnehin ein bisschen zu sehr wie: *Pär-ess*«, sagte sie und betonte den Namen wie ein affektierter Hollywoodstar. A-ha. Mika verstand kein Wort, aber es war ihr auch egal. Sie war einfach nur froh, dass Fanny jetzt hier neben ihr saß.

»Apropos. Was ist denn das für ein … Haustier da drin?«, fragte sie dann und nickte mit dem Kopf in Richtung Bungalow.

»Ach das.« Fannys Gesicht wurde grimmig. »Das ist die Ratte. Die Ratte ist Claudettes grauenhaftes Schoßhündchen.«

»Ok-ay«, hakte Mika behutsam nach. »Und was macht *Claudettes Schoßhündchen* da drinnen auf unserem Bett?«

Fanny zuckte mit den Schultern. »Das Vieh ist in meinen Koffer gehüpft. Seit ich in Paris angekommen bin, hatte es mich auf dem Kieker und als ich am Flughafen einchecken wollte, haben die an der Sicherheitskontrolle ziemlich schräg geguckt. Ich hätte den Flieger verpasst, also hab ich's eingepackt.« Prompt kam aus dem Inneren des Bungalows ein durchdringendes Heulen. Die beiden Freundinnen sahen sich an.

»Und was machen wir jetzt?«, fragte Mika und meinte damit nicht nur Fannys jaulenden blinden Passagier.

Doch Fanny sagte nichts. Das war kein gutes Zeichen. Mika seufzte.

»Man kann auch nichts machen. Wir fahren morgen heim.«

Doch Fanny boxte sie sanft in die Seite. »Hey, du weißt doch: Man kann immer was machen«, sagte sie mitfühlend. »Aber vielleicht fangen wir erst mal damit an, der Ratte was zu Essen zu besorgen. Sonst wird es nämlich *richtig* ungemütlich.«

Im spärlichen Licht des mageren Halbmonds schlichen Mika und Fanny wenig später über den dunklen Hof in Richtung Haupthaus. Fanny hatte den kleinen Hund auf dem Arm, der sich dort erstaunlich wohl zu fühlen schien – zumindest hatte er sein grässliches Wolfsgeheul augenblicklich eingestellt, als sie ihn hochgenommen hatte. Bevor sie die Tür erreichten, sahen sie in einiger Entfernung eine schmale Gestalt mit schnellen Schritten über den Hof auf sich zukommen. Fanny erstarrte.

»Mist. Das ist der komische Typ, der mich in Empfang genommen hat. Er hat eine ganz seltsame Stimme und hat mich außerdem ständig *Sonja* genannt«, flüsterte sie gepresst und wollte Mika in den Schatten einer Säule ziehen. Doch Mika grinste nur.

»Das ist Sam und SIE ist ziemlich in Ordnung.« Fannys Augen wurden rund.

»SAM? SIE?«, echote sie verwirrt, doch bevor Mika sie warnen konnte, war Sam schon bei ihnen.

»Du heißt SAM?«, begrüßte Fanny das Mädchen übergangslos und starrte sie ungläubig an.

»Ja und du heißt SONJA?«, kam es postwendend zurück.

»Äh. Nein. Ich heiße Fanny«, sagte Fanny und bevor das so weiterging, griff Mika ein.

»Stimmt. Das ist Fanny, meine Freundin. Sie reist gerne

und dachte, sie schaut mal vorbei«, erklärte sie. »Und das ist Sam, die Tochter von Petros. Sam von Samantha«, fügte sie hastig hinzu. Prompt wurden Sams Augen gefährlich schmal, doch Fanny grinste.

»Samantha, hm? Verstehe. Da würde ich mich auch Sam nennen.« Mika hielt den Atem an und betete, dass Sam ihre Drohung nicht wahrmachen und Fanny die Zähne einschlagen würde, aber die grinste nur.

»Danke! Meine Rede.« Und damit schien Fanny den Test bestanden zu haben.

Nachdem das geklärt war, wandte Sam sich wieder an Mika.

»Wir müssen reden«, sagte sie, mit einem Mal wieder ernst. »Ich glaube, ich weiß, wo du heute warst.« Mika wollte gerade den Mund aufmachen, als ihr ein markerschütterndes Geheul zuvorkam. Die beiden Mädchen sahen Fanny an, von deren Arm es ertönte. Die grinste entschuldigend.

»Unglaublich, dass ein so kleines Tier ein so krasses Geräusch produzieren kann, was? Könntet ihr euer wichtiges Gespräch vielleicht verschieben, bis wir irgendwas gefunden habe, was ihm das Maul stopft?«

»Hier lang«, flüsterte Sam und deutete auf eine große Tür, zu der es aus dem großen Flur des Hauses über drei breite Steinstufen hinunterging. »Und seid bloß leise, mein Vater sieht es gar nicht gerne, wenn Gäste hier im Haus herumlaufen«, fügte sie hinzu und es klang ehrlich besorgt. Offenbar hatte Sam, die sich sonst vor wenig zu fürchten schien, vor ihrem strengen Vater ziemlichen Respekt. Mika dachte an Taras Worte. Wahrscheinlich wollte Petros um jeden Preis verhindern, dass seine Tochter so wurde wie seine Schwester. Sie schob die schwere Holztür auf und die drei Mädchen schlichen in die große, kühle Küche. Ein riesiger offener Kamin nahm eine Seite des gesamten Raumes ein, über dem ein gigantischer verkohlter Grillrost an einer ebenso verkohlten Kette schaukelte. An den Wänden hingen überall große Töpfe und mächtige Pfannen – es sah ein bisschen aus, wie in der Küche eines Riesen. In der Mitte des Raumes stand ein schwerer Holztisch mit einer Platte aus verwittertem Stein auf dem noch eine große, fettige Paellapfanne stand.

»Bingo!«, sagte Fanny und hielt den aufgeregt strampelnden Schoßhund testweise über die wagenradgroße Pfanne, in der noch ein ordentlicher Rest Paella vom Abendessen übrig war. Die Kiefer der kleinen Ratte schnappten gierig in die Luft. Bei diesem absurden Anblick mussten alle drei Mädchen plötzlich losprusten und Mika spürte, wie der dumpfe Druck auf ihrer Brust viel leichter wurde. Es tat unglaublich gut, nach all der Anspannung des Tages einfach über etwas Albernes zu lachen.

»Grr … grr … schnapp … schnapp«, japste Sam und Fanny ließ den kleinen Hund über die Pfanne gleiten wie ein Flugzeug im Landeanflug. Schließlich ließ sie ihn sanft in der riesigen Pfanne nieder, wo er sich sofort wie ein Schaufelbagger in die köstlichen Essenreste grub. Es war ein unglaubliches Bild und sie lachten nun so laut, dass sie die Stimmen erst hörten, als sie schon kurz vor der Tür waren.

Sam erstarrte und sah Mika entsetzt an. Doch wie immer war es Fanny, die in solchen Situationen die Ruhe bewahrte. In einer fließenden Bewegung zog sie den schmatzenden Hund aus dem Reis, schob mit dem Fuß die Stühle am Tisch zur Seite und knurrte im Befehlston »Los! Da runter. Jetzt!«

»Danke, dass du so spät noch kommen konntest«, ertönte nun Petros tiefe Stimme. Zwei Stühle wurden weggezogen und Mika sah entsetzt, wie ein paar schwere, staubige Stiefel sich wenige Zentimeter neben ihre hastig verknoteten Beinen unter den Tisch schoben. Auch auf der gegenüberliegenden Seite, dicht neben Fannys Arm, erschienen nun zwei weitere Füße, die allerdings in glänzenden Lederslippern steckten.

»Möchtest du was essen? Ist noch ein Rest von Ernestos Wolfsbarsch-Paella da.«

»Na, da kann ich kaum widerstehen«, antwortete eine nasale Stimme wohlwollend und dann wurde über den Köpfen der drei Mädchen etwas klirrend auf den Tisch gestellt. Mit großen Augen sah Mika Fanny an, die alle Mühe hatte, dem protestierenden Hündchen die Schnauze zuzuhalten.

»Hm, köstlich«, verkündeten die Lederslipper wenig später kauend.

»Ihhhh«, grimassierte Fanny tonlos unter dem Tisch und Sam sah aus, als müsse sie gleich wieder losprusten. Doch die ernste Stimme ihres Vaters kam dazwischen.

»Wir müssen über den Verkauf reden. Ich will das rückgängig machen.«

»Das wird schwierig«, kam die Antwort und es klang plötzlich gar nicht mehr wohlwollend.

»Du hast gesagt, die Gemeinde tut mir einen Gefallen, indem sie mir das Land abkauft. Dass alles bleiben kann, wie es ist, vorausgesetzt die Pferde vermehren sich nicht weiter.« Petros Stimme war ganz ruhig.

»Tja, was soll ich sagen? Ich bin zwar Bürgermeister, aber ich bin auch Geschäftsmann. Und so verhandelt man einen guten Preis. Unsere Lage ist schlimm, die Krise hat uns hart getroffen. Und ich dachte, am Ende wirst du mir dankbar sein, wenn der Irrsinn mit deiner Schwester in dieser Ruine endlich ein Ende hat.«

»Das ist keine Ruine. Das ist das Haus unsrer Eltern. Und Tara wird es nicht kampflos aufgeben«, sagte Petros und seine Stimme begann zu zittern. Die drei Mädchen unter dem Tisch waren nun mucksmäuschenstill.

Doch der Mann mit den Lederslippern lachte nur. »Na dann, viel Glück! WaterLife hat viel Erfahrung mit störrischen Einheimischen, glaub mir. Das wird nicht gut ausgehen für Tara. Und die Pferde, die holst du besser heute als morgen.«

»Wie meinst du das?«

»Ich meine, dass WaterLife keine Wildpferde brauchen kann, wenn sie da eine Abfüllanlage bauen. Und denen ist es egal, ob es Coyoten, Wildschweine sind oder Pferde, die sie abschießen müssen.«

In diesem Moment schob Petros so heftig seinen Stuhl zurück, dass Fanny für einen Moment ihren Griff um die Hundeschnauze verlor. Ein lautes, gurgelndes Röcheln ertönte und die Männer am Tisch hielten verwirrt inne. »Was war das?«, fragte Petros. Die Lederslipper standen auf.

»Mein Magen wahrscheinlich. Diese Paella hat einen seltsamen Nachgeschmack. Aber ich denke ohnehin, wir sind hier fertig?«

»Ja. Wir *sind* fertig«, kam die kalte Antwort und dann sah Mika, wie Petros Lederstiefel sich ohne ein weiteres Wort umdrehten und davongingen.

»WaterLife! Das ist ja mal krass!« Immer noch geschockt von dem belauschten Gespräch saßen die drei Mädchen um den großen Steintisch und sahen Fannys *Ratte* zu, die nun wieder mit allen vier Pfötchen in der großen Pfanne stand und selig schmatzte. Sam und Mika sahen Fanny fragend an.

»Du weißt, was das ist?«

Fanny sah sie nun ihrerseits entgeistert an. »Natürlich, ihr nicht?«

»Nein«, sagten Sam und Mika in perfektem Gleichklang. Fanny verdrehte die Augen.

»Mann! Lest ihr keine Financial Times? Handelsblatt? National Geographic wenigstens?«

Sam und Mika starrten sie an. »Äh … nein.« Fanny seufzte resigniert.

»Also gut: WaterLife ist ein internationaler Konzern, der weltweit Quellen und Brunnen aufkauft. Meistens von Gemeinden, die dringend Geld brauchen, meistens kleine Dörfer auf dem Land, die nicht kapieren, was das bedeutet.«

»Und … was bedeutet das?«, kam Sams verwirrte Frage. So ein Fakten-Maschinengewehr wie Fanny hatte sie noch nie erlebt.

»Na ja, wenn man alle seine Quellen verkauft, hat man irgendwann halt keine mehr. Und WaterLife macht ruckzuck 'nen Zaun drum und verkauft den Dörfern dann ihr eigenes Wasser teuer zurück. Also jetzt mal ganz simpel ausgedrückt. Wenn ihr es genauer wissen wollt, kann ich euch –«

Mika hob schnell die Hand. Sie kannte Fanny. »Nein, nein, danke. Das reicht!«

Sams schmales Gesicht war bei Fannys Erklärungen zunehmend blasser geworden.

»Aber … wie kann man das verhindern? Ihr habt's gehört. Die werden die Pferde abschießen und … und was wird mit Tara?«, sagte sie. Ihre Stimme begann gefährlich zu zittern. »Das hat er nicht gewollt. Das hat er nie gewollt«, fügte sie stockend hinzu und meinte ihren Vater. Mika legte Sam vorsichtig eine Hand auf die Schulter.

»Hey. Wir machen was. Okay?«

Sie sah Fanny auffordernd an. »Wir machen was, stimmt's?!«

Auch die sah Sam mitfühlend an. Komm schon, Fanny, komm schon!, telegrafierte Mika ihrer Freundin in Gedanken.

»Das … also … ich …«, Fanny dachte angestrengt nach. »Vielleicht … hm, nein. Nein. Keine Ahnung«, kapitulierte sie schließlich. Doch dann plötzlich erhellte sich ihr Gesicht. Ja!, dachte Mika und ballte unwillkürlich die Faust.

»Habt ihr irgendwas Altes hier?«, wandte sich Fanny aufgeregt an Sam. »Also, irgendeinen mittelalterlichen Steinhaufen, eine Burganlage, Indianerhöhlen, ein Pharaonengrab? So was?«

Sam sah sie entgeistert an »Ein *Pharaonengrab*? Hier?«

Doch Fanny fuhr unbeirrt fort. »Wenn es hier irgendwas gibt, was als Kulturdenkmal gilt, dann darf die Gemeinde das Land nicht verkaufen! Dann steht es unter Schutz. Ich hab da mal einen hochinteressanten Artikel gelesen über eine keltische Siedlung –« Wieder hob Mika die Hand und Fanny verstummte. Beide sahen Sam gespannt an. »Und? Gibt es da was?«

Doch Sams Schultern sanken zusammen. »Nein.«

»Sicher?« So leicht gab Fanny nicht auf.

»Ganz sicher«, seufzte Sam niedergeschlagen.

»Mist.«

Für eine Weile war nur das Schlabbern des Hundes zu hören, der die große Eisenpfanne mit seiner winzigen Zunge akkurat blitzblank polierte.

»Tja dann. Vielleicht können wir irgendwas mit Pferden und Turnieren machen, das hat ja die letzten Male ganz gut geklappt«, sagte Fanny trocken, doch es klang nicht, als wäre das ein ernst gemeinter Vorschlag. Und in diesem Moment schoss ein Gedanke in Mikas Kopf: etwas Altes. Pferde. Turnier. Mittelalter.

»Das Rennen von Ora!«, rief sie unvermittelt und so laut, dass die beiden anderen erschrocken aufsahen und sogar der Hund den Kopf aus der Pfanne hob.

Fieberhaft wandte sie sich an Fanny. »Gelten für diesen

Kulturdenkmal-Schutz nicht auch Traditionen? Bräuche? Feste?«

Fanny dachte einen Moment lang nach. »Hm. Ja. Ich glaube. Solange sie fest mit dem Ort verknüpft sind schon. Beispielweise das Fischerfest im Hafen von –«

»FANNY!«

»Ja, schon gut.« Fanny klang nun etwas beleidigt.

Sam sah Mika verblüfft an. »Was weißt du über das Rennen von Ora? Das gibt es doch schon ewig nicht mehr!«

Mika grinste nur. Das war die Lösung! Feierlich sah sie in die Runde.

»Dann wird es höchste Zeit. Leute, ich glaube wir veranstalten ein Pferderennen.«

14. Kapitel

Hm«, sagte Fanny und sprach damit aus, was alle drei dachten. Die Sonne war gerade aufgegangen und Mika, Sam und Fanny standen vor einem riesigen, unkrautüberwucherten Steinhaufen, zu dem Sam sie gleich nach dem Frühstück geführt hatte.

»Ich hab euch doch gesagt, dass es ziemlich … na ja … verfallen ist«, verteidigte sich Sam. »Was habt ihr denn erwartet? Das Rennen hat seit einem halben Jahrhundert nicht mehr stattgefunden! Aber das hier war die Tribüne. Hier begann das Rennen. Zumindest hat mein Vater mir das so erzählt.«

»Halb so wild. Das kriegen wir schon hin.« Fanny hatte ihren Optimismus bereits wiedergefunden. »Komm Ratte, wir schauen mal, wie es von oben aussieht«, sagte sie zu dem kleinen Hund, der wie ein Känguru-Baby aus ihrer Umhängetasche lugte und missmutig knurrte, als sie begann, den steilen Geröllberg zu erklimmen. »Ein bisschen Unkraut jäten, ein paar farbenfrohe Sitzkissen, dann sieht das hier gleich ganz anders aus!«

Mika und Sam sahen sich an. Im Gegensatz zu Fanny kam ihnen ihr verwegener Rettungsplan der vergangenen Nacht im Licht des Morgens vor wie ein absurder Traum.

»Das funktioniert doch nie«, sagte Sam leise. Da ertönte Fannys Stimme von oben. »Kommt hoch! Die Aussicht ist schon mal großartig. Und ich will jetzt alles über dieses Rennen hören, was ihr wisst!«

Wie die Hühner auf der Stange saßen die drei wenig später auf der obersten Reihe der verfallenen Tribüne. Von hier aus sah man besser, dass der vermeintliche Steinhaufen tatsächlich aus roh behauenen Felsblöcken bestand, die wie Bauklötze zu einem Halbkreis aufgestapelt worden waren. Sam deutete in die Richtung, in die sich der Halbkreis in das flache Grasland öffnete.

»Hier unten haben die Pferde sich gesammelt und dann ging es los. Bis nach Ora, zur Quelle. Das sind ungefähr zehn Kilometer immer geradeaus.«

»Ok-ay!«, sagte Fanny und klatschte voller Tatendrang in die Hände. »Ich fasse zusammen: Wir müssen hier ein bisschen … aufräumen. Wir müssen die ganzen Leute einladen. Wir müssen deinen Vater und deine Tante einweihen, denn ich schätze, wir brauchen ihre Hilfe. Und wir müssen irgendwen von der Regierung bestellen, damit das ganze offiziell als schützenswerte Traditionsveranstaltung registriert wird und wir die Aasgeier von WaterLife in die Wüste schicken können! Richtig?«

Sam bekam plötzlich große Augen. Mika legte ihr beruhigend eine Hand aufs Knie. Sie wusste aus Erfahrung, dass Fannys Tempo einem manchmal Angst machen konnte.

»Richtig«, bestätigte sie und bemühte sich, Zuversicht und Ruhe in ihre Stimme zu legen.

»Ich würde sagen, wir brauchen ungefähr zehn Tage, um das alles zu schaffen«, kalkulierte Fanny, doch Sam schüttelte nur den Kopf. Sie war seltsam blass geworden und sah mit unbewegtem Blick in die Ferne. Fanny zog eine Augenbraue hoch. »Gut, vielleicht vierzehn Tage. Wir müssen ja schließlich ein paar Leute zusammentrommeln.«

»Was ist denn?«, fragte Mika, die auch bemerkt hatte, dass mit Sam etwas nicht stimmte. Das kurzhaarige Mädchen hob die Hand und zeigte auf etwas am Horizont.

»Wir haben aber keine zehn Tage.«

Mit verständnisloser Miene folgten Mika und Fanny der ausgestreckten Hand, doch es war nichts zu sehen, außer dem blassblauen, wolkenlosen Himmel über der Weite. Und einem fast durchsichtigen Mond, der tief über den dunstigen Hügeln hing.

»Hä?«, fragte Mika und Fanny nickte bestätigend.

»Genau: hä?« Doch statt zu antworten war Sam nun aufgestanden und kletterte über die mit Flechten bedeckten Felsblöcke davon. Als sie genau in der Mitte des Halbkreises angekommen war, begann sie, wie wild an den Steinen zu kratzen. Fanny und Mika sahen sich an. »Vielleicht ist das alles zu viel für sie?«, flüsterte Fanny. »Ich meine, immer diese viele Sonne, das kann ja nicht gut sein für …«

Doch in diesem Moment hatte Sam offenbar gefunden, was sie gesucht hatte.

»Kommt mal her!«, rief sie und winkte ihnen zu. Als sie

bei ihr ankamen, stand sie mit verschränkten Armen vor einem Felsblock. »Ich hab als Kind mal hier gespielt. Und meine Tante kam vorbei. Ich hatte immer ziemliche Angst vor ihr, aber an dem Tag hat sie sich einfach zu mir gesetzt und mir von dem Rennen von Ora erzählt. Sie war fünfzehn als hier das letzte stattgefunden hat. UND sie hat es gewonnen«, fügte Sam mit einem kleinen Lächeln hinzu.

»Tara ist ein Rennen geritten? Kann ich mir gar nicht vorstellen«, sagte Mika ehrlich erstaunt. Wettkämpfe, Springreiten, Dressur, Turniere – das war nicht ihre Welt, und ganz sicher nicht Taras. Doch Sam grinste.

»Dieses Rennen schon. Das Rennen von Ora hat auch den Pferden Spaß gemacht. Es war einfach nur … wild. Die Leute haben ihre Pferde bunt angemalt und sind einfach ohne Sattel mit ihnen davongaloppiert. Manche Pferde rannten sogar ohne Reiter los, einfach weil sie die Geschwindigkeit liebten. Und es gab ja auch nichts zu gewinnen.« Mika spürte, wie eine Art wilder Windstoß ihr Herz erfasste. Zum ersten Mal in ihrem Leben hörte sie von einem Turnier, das sie reiten *wollte.* Und das würde sie! Mit blitzenden Augen grinste sie Sam an, die ebenso zurücklächelte.

»Äh-hem!«, brachte sich Fanny in Erinnerung, die immer noch neben ihnen stand. »Schön, dass ihr so dicke, dicke Pferdefreundinnen seid«, sagte sie und es klang ein bisschen zu scharf. »Aber ich würde doch gern wissen, warum wir jetzt hier stehen und warum wir keine zehn Tage Zeit haben sollen, um euer tolles Rennen vorzubereiten?«

Seit Mika ihre Gabe entdeckt hatte, war es für Fanny

manchmal nicht ganz leicht, sich mit der plötzlichen Veränderung ihrer besten Freundin abzufinden. Sam trat zur Seite und zeigte auf den Felsen, den sie zuvor von Flechten und Moos befreit hatte.

»Weil Tara mir damals das hier gezeigt hat«, sagte sie und nun sahen die beiden anderen die verwitterten Symbole, die jemand vor sehr langer Zeit in den Stein gehauen haben musste: eine gezackte Linie, darüber etwas, das eine Sonne sein konnte und neben der Sonne einen ausgefüllten Kreis.

Mika legte den Kopf schief und kniff die Augen zusammen. Wasser, Sonne, Kreis?

»Ah-ja«, sagte sie lang gezogen und sah Fanny fragend an, der ihre Ungeduld mittlerweile deutlich anzumerken war.

»Schön. Und was ist das jetzt? Ne prähistorische Waschanleitung?«, sagte sie und verschränkte die Arme vor der Brust. Doch Sam schüttelte leise den Kopf.

»Das Rennen kann nicht einfach irgendwann stattfinden. Wenn wir es machen wollen wie früher, dann ...« In diesem Moment begriff Mika. Wasser, Sonne, MOND. Der Kreis neben der Sonne war ein Vollmond!

»Ha! Immer nur bei Vollmond!«, platzte sie heraus und im selben Moment gab Fanny neben ihr ebenfalls einen überraschten Laut von sich. Sie war gleichzeitig mit Mika auf die Lösung gekommen, sah aber im Gegensatz zu ihr sehr unzufrieden drein. Sie starrte nun genauso bedrückt wie Sam in die Ferne. Mika folgte ihrem Blick und sah, was sie zuvor auch schon gesehen hatte: den Mond, der am Taghimmel fast transparent aussah. Sie begriff nun, was die beiden bewegte: Der Mond über Ora war fast voll.

Mika zuckte die Schultern. »Na und? Wenn das jetzt zu knapp ist, dann warten wir halt bis zum nächsten Vollmond.«

Fanny legte den Kopf schief. »Könnte nur sein, dass wir da ziemlich lange warten müssen.«

»Quatsch. Das dauert doch immer nur …«, Mika stockte. Wie oft gab es denn nun diesen doofen Vollmond? Einmal in der Woche? Alle 14 Tage?

Fanny seufzte. »Mann, gut das deine Mutter keinen Doktortitel in Astrophysik hat, sonst wäre das jetzt ziemlich peinlich für dich«, sagte sie trocken und fügte dann mit einem mitleidigen Kopfschütteln hinzu, »Vollmond ist einmal im MONAT. Aber nur nachts. Aber auf dem Stein da ist ein Mond UND eine Sonne, und das heißt …«

»Das heißt«, schaltete sich Sam ins Gespräch, »dass das Rennen von Ora stattfindet, wenn der Vollmond am Tag zu sehen ist. Das gibt es aber nur alle paar Jahre.« Mika starrte die beiden verständnislos an.

Fanny ließ den Kopf sinken. »Genau. In ein paar Jahren wieder. Oder eben …«, sie kniff die Augen zusammen und sah den milchigen Tagmond abschätzend an. »Ungefähr überübermorgen, würde ich sagen.«

Fanny atmete laut hörbar aus. »So, und damit bräuchten wir jetzt wohl einen Plan B «, sagte sie und es klang für Fanny ungewohnt resigniert. Sam sagte nichts, sondern strubbelte sich mit den Händen so verzweifelt durch ihre kurzen Haare, dass die in alle Richtungen abstanden. Eine

Geste, die nicht nur Mika an ihren Namensvetter aus Kaltenbach erinnerte.

Mika spürte, wie sich ihre Hände unwillkürlich zu Fäusten ballten.

»Nein«, hörte sie sich sagen, bevor sie richtig verstand, was da aus ihrem Mund kam. Die anderen sahen sie erstaunt an. Es musste wohl ziemlich laut gewesen sein. Doch Mika war sich mit einem Mal völlig sicher. »Nein. Es ist kein Zufall, dass wir jetzt hier sind. Dass ich Ostwind ausgerechnet jetzt hierhergebracht habe. Es ist kein Zufall, dass dieser Mond ausgerechnet jetzt da am Himmel ist und es wird auch kein Zufall sein, dass das Rennen von Ora in drei Tagen von hier aus starten wird!« Sie war selbst überrascht, wie sicher sie sich war, dass es so sein musste.

Sam hob den Kopf und sah Mika an.

»Drei Tage?«, fragte sie unsicher und diesmal war es Fanny, die antwortete. Auf ihrem Gesicht war ein breites Grinsen erschienen, das Mika nur zu gut kannte. Wenn Fanny etwas liebte, dann Herausforderungen. »Drei Tage. Warum auch nicht? Man hat ja auch schon Pferde kotzen sehen, oder nicht?«, sagte sie und sprang voller Tatendrang auf.

Sam sah sie ernst an. »Nein, Pferde kotzen nicht«, antwortete sie mit todernster Miene, doch dann erschien auch auf ihrem Gesicht ein Lächeln. »Aber wir machen unser Rennen!« Und dann gaben sich die drei Mädchen so laut lachend high-five, dass der kleine Hund in Fannys Tasche mit einem erschrockenen Quieken aus dem Schlaf schreckte.

Kaum waren sie wieder auf der Hacienda angekommen, hatte Fanny Norbert, ihren geliebtes Tablet hervorgeholt und Sam und Mika auf der Suche nach WLAN zurückgelassen. Zuvor hatte sie eine überforderte Sam mit detailreichen Erklärungen über YouTube-Kanal-Highjacking, Twitter Hashtags und virale Facebook-Kampagnen bombardiert, doch schließlich aufgegeben, als Sam auf all das mit einem hilflosen »Gesundheit!« antwortete.

Mika konnte Sams Verwirrung gut verstehen. Aber wenn es jemandem gelingen konnte, innerhalb von drei Tagen die Welt da draußen zu einem Pferderennen zusammenzutrommeln, das seit über vierzig Jahren nicht mehr stattgefunden hatte, dann war das Fanny.

Als sie verschwunden war, standen die beiden unschlüssig auf dem Hof der Hacienda herum. »Und ... jetzt?«, fragte Sam und sah Mika unsicher an. Sie wusste, was sie jetzt tun musste, aber Mika spürte deutlich, dass sie alles andere lieber getan hätte.

»Jetzt sagen wir es deinem Vater«, sagte Mika und sah Sam ruhig an. »Keine Angst, ich komm mit.« Sams Stirn legte sich plötzlich in zornige Falten.

»Ich hab keine Angst!«, fuhr das Mädchen sie angriffslustig an, wie bei ihrer ersten Begegnung vor ein paar Tagen.

Mika hob die Hände. »Hey! Ich will nur helfen, okay?«, sagte sie und es klang nur ein bisschen weniger patzig. Sam wollte gerade zurückfeuern, als sie überrascht innehielt. Denn sie hatte etwas gesehen. Irritiert blinzelte sie in die Sonne und als Mika ihrem Blick folgte, sah sie es auch: eine hochgewachsene Gestalt, die unbewegt im Schatten eines Zitronenbaums vor dem großen Tor der Hacienda stand. Die beiden Mädchen sahen sich an und vergaßen, dass sie sich eben noch fast gestritten hatten.

»Ist das …?«, flüsterte Mika und Sam nickte.

Dann flüsterte sie zurück: »Ja. Das ist meine Tante. Aber seit ich denken kann, war sie nicht mehr hier.« Ratlos sah sie zu der Gestalt, die aussah, als würde sie dort notfalls die ganze Nacht ausharren. »Was will sie denn hier?«, sagte Sam, mehr zu sich selbst als zu Mika. Doch Mika hatte sich diese Frage keine Sekunde lang gestellt. Sie wusste, was Tara hierherbrachte. Ihr wäre es mit Ostwind ebenso gegangen.

»Sie kommt zu ihrem Pferd«, sagte sie einfach. Und bevor Sam sie zurückhalten konnte, ging sie los, um Tara zu holen.

Langsam, als könne sie nicht recht glauben, was gerade geschah, öffnete Sam wenig später die Tür zum Stallgebäude.

»Ich glaube, Calima ist dahinten. In der großen Box«, sagte sie über ihre Schulter zu Tara, die neben Mika hinter ihr stand und noch kein Wort gesprochen hatte, seit sie ihren Wachposten neben dem Tor verlassen hatte. Tara nickte und ging dann an Sam vorbei. Die beiden Mädchen sahen ihr nach, wie sie zögerlich durch die lange sonnendurchflutete Stallgasse ging. Links und rechts senkten sich neugierige Pferdeköpfe zu ihr und Tara strich im Vorbeigehen sanft über Nüstern und Stirnen. Sam sah Mika fragend an und die nickte ihr unmerklich zu. Behutsam und so leise sie konnten, folgten die Mädchen Tara in den Stall.

Die große silbergraue Stute lag in einer geräumigen Box auf der Seite im Stroh. Ihr breiter Brustkorb hob und senkte sich regelmäßig mit tiefen, ruhigen Atemzügen, ihre Augen waren geschlossen und ihr Kopf lag vertrauensvoll auf den Knien einer groben Arbeitshose. Eine große Hand kraulte sanft ihre Ohren. Plötzlich blähten sich ihre Nüstern, sie öffnete die Augen und hob den Kopf. Auch Petros sah auf. Er saß neben der Stute am Boden und lehnte mit dem Rücken gegen die Wand der Box. Neben ihm stand eine Holzkiste voller Verbände und brauner Glasflaschen mit verschiedenen Tinkturen.

»Langsam, langsam«, ermahnte er das Pferd, das nun vergeblich versuchte aufzustehen, aber dann mit einem angestrengten Schnauben wieder zurück ins Stroh sank.

Der ruhige Ausdruck auf Petros Gesicht veränderte sich kaum, als die schlanke Gestalt in der Tür der Box auftauchte.

»Hallo Tara«, sagte er. »Wir haben schon auf dich gewartet.«

Mika und Sam hatten sich in die Box neben Calima geschlichen und belauschten nun mit angehaltenem Atem das Gespräch der beiden Geschwister. Sam sah dabei aus, als wisse sie nicht recht, ob sie lieber davonlaufen oder hineinplatzen wollte.

»Es geht ihr schon besser«, hörten sie Petros raue Stimme von drüben. »Der Blutverlust durch die Wunde am Bein hat sie sehr geschwächt, aber sie hat ein Antibiotikum bekommen und eine Infusion und ich habe gerade nochmal ihren Verband gewechselt.« Tara saß im Schneidersitz neben ihm und ihre Hand ruhte sanft auf dem Hals ihres Pferdes, das nun wieder völlig entspannt da lag.

»Danke«, sagte sie nach einer langen Pause und dieses einfache Wort schien ihr nicht leicht zu fallen.

Petros ließ das so stehen und sagte nur: »Sie ist ein ganz besonderes Pferd.«

»Kannst du dich an den Rappen-Jährling erinnern, den du vor fünf Jahren eingefangen hast?«, fragte Tara nach einer weiteren Pause und in der Box nebenan fuhr Mikas Kopf in die Höhe. Petros Stimme wurde ernst, als er antwortete.

»Tara, ich musste das tun. Wir können die jungen Hengste nicht in der Herde lassen. Ich habe dir das wieder und wieder gesagt. Sie vermehren sich unkontrolliert und sie verletzen sich bei ihren Kämpfen.« Doch zu seiner Überraschung lachte Tara plötzlich.

»Ich weiß. Aber er ist zurückgekommen. Mit dem rothaarigen Mädchen, das Calima gefunden hat.«

»Ihr schwarzer Hengst? Das ist ... Ostwind?« Petros klang nun seinerseits überrascht.

»Ja«, sagte Tara. »Und ich weiß nicht wieso, aber ich habe das Gefühl, dass sich der Kreis damit schließt«, sagte sie nachdenklich. »Das ist ein Zeichen.«

»Wofür?«, fragte Petros und sprach aus, was Mika ebenfalls um ein Haar laut gesagt hätte.

Doch Tara antworte nicht. Stattdessen fragte sie: »Hast

du den Tagmond gesehen? Er ist fast voll.« In der Box nebenan schoss nun Sams Kopf in die Höhe. Sie hörten Petros wehmütiges Lächeln in seiner Stimme als er antwortete.

»Ja. Ich habe auch schon daran gedacht. Das Rennen. Das war das letzte Mal, das wir beide wirklich zusammen … danach …«, er hielt inne. »Tara, es tut mir so leid. Ich wollte das nicht. Ich habe Ora verkauft und ich kann es nicht wieder rückgängig machen.« Petros tiefe Stimme brach ab.

»Doch!«, ertönte in diesem Moment eine entschlossene Stimme und Mika fragte sich erschrocken, ob sie schon wieder die Kontrolle über ihr Mundwerk verloren hatte. Doch diesmal war es Sam. Sie war aufgesprungen und stand nun zitternd vor Aufregung in der Tür der Krankenbox vor ihrem Vater und ihrer Tante.

»Wir können es rückgängig machen! Wenn wir das Rennen von Ora wieder ausrichten, muss die Regierung das Land schützen. Dann kann alles bleiben, wie es ist!«

Mika war Sam gefolgt und sah nun über ihre Schulter die erstaunten Gesichter von Petros und Tara.

»Was redest du denn da? Wie kommst du überhaupt hierher? Wer …«, Petros hatte nun Mika gesehen und starrte sie so entgeistert an, dass ihm der Rest seiner Fragen nicht mehr einfiel. Aber Tara war ganz ruhig. Sie sah erst Sam an, dann fand ihr Blick Mika.

»Das war deine Idee,« sagte sie und es war eigentlich keine Frage. Aber Mika antwortete trotzdem.

»Ja«, sagte sie. »Ich glaube schon.«

15. Kapitel

Wenig später saßen alle vier im Schneidersitz in der Box um Calima, die die plötzliche Menschenansammlung um sie herum nicht im Mindesten zu stören schien – im Gegenteil, sie schlief tief und fest. Petros hatte sich den Plan angehört, ohne Sam zu unterbrechen und war nicht, wie Sam offenbar befürchtet hatte, wütend geworden. Stattdessen war sein Blick, mit dem er seine Tochter während ihrer atemlosen Erzählung unverwandt ansah, voller Stolz.

»Fanny-wer? JuTjube-was?«, fragte er, als sie geendet hatte einigermaßen ratlos und sah seine Schwester an. Tara lachte und ihr Gesicht verlor dabei auf wundersame Weise alle Strenge.

»Schau mich nicht an. Ich bin die Verrückte aus der Wildnis.« In diesem Moment waren alle überrascht: Tara hatte Humor.

Auch Petros lächelte, aber er wurde schnell wieder ernst. Er streckte seine große Pranke aus und wuschelte Sam durch ihre kurzen Haare.

»Deine Mutter wäre sehr stolz auf dich, Samantha«, sagte er liebevoll und diesmal zuckte Sam trotz des verhassten Namens nicht einmal mit der Wimper. »Sie war auch eine unverbesserliche Optimistin. Und ihr habt auch schon etwas geschafft mit eurem Plan. Wir sitzen hier zusammen. Als Familie. Aber«, schloss er ernst, »ich glaube trotzdem nicht, dass das zu schaffen ist. Wie sollten die Leute davon erfahren? In drei Tagen? Nein.«

Mika rollte innerlich mit den Augen. Was war das nur mit den Erwachsenen, dass sie immer sofort die Flinte ins Korn warfen? Andererseits, gab sie sich die Antwort im nächsten Moment selbst: Sie kannten Fanny nicht.

Sie wollte gerade etwas sagen, als plötzlich eine zittrige Stimme »Ähm. Ent…schuldigung?«, flüsterte. Alle vier sahen zum Eingang der Box, wo Walters dürre Gestalt aufgetaucht war. Sein verwirrter Gesichtsausdruck verriet, dass er sich keinen rechten Reim auf das Bild vor sich machen konnte. »Das Pferd ist doch nicht … TOT?«, hauchte er dann entsetzt und sah sie mit schreckgeweiteten Augen an. Sam lächelte.

»Nein. Sie wird wieder gesund.« Walter schien fieberhaft zu überlegen, was das Protokoll an dieser Stelle vorsah. Dann ließ er sich vorsichtig zu den anderen auf den Boden nieder, verknotete seine langen Beine zu einem unbequem aussehenden Schneidersitz und nickte lächelnd in die Runde. Alle sahen ihn fragend an, aber nichts geschah.

»Wolltest du was Bestimmtes?«, half Mika schließlich nach.

»Hm?« Es klang, als müsse er scharf nachdenken, weswegen er sich eigentlich in den Stall gewagt hatte.

»Ach ja!«, fiel es ihm wieder ein und er sah Petros an.

»Ich wollte Ihnen sagen, dass der Übertragungswagen jetzt da ist. Er wartet im Hof auf sie.«

Petros sah verwirrt aus. »Was?«

»So ein großes Auto mit einer Satellitenschüssel auf dem Dach? Vom Fernsehen?«, erklärte Walter eifrig. »Es geht um das Rennen«, sagte er und sah mit strahlenden Augen in die Runde. »Ein PFERDErennen! Hier! Ich bin so aufgeregt!«

Alle vier sahen ihn an, als wären ihm plötzlich zwei Köpfe gewachsen.

»Aber … woher … wie?«, stammelte Sam und sah Mika mit großen Augen an. Es war nur eine knappe Stunde her, dass sie Fanny zurückgelassen hatten. Das konnte nicht sein. Doch Mika grinste nur.

»Vielleicht gehen Sie besser«, sagte sie zu Petros.

Doch Petros rührte sich nicht. Für einen so großen, starken Mann sah er plötzlich überraschend hilflos aus. Er suchte den Blick seiner Schwester, die ihm zunickte.

»Was denkst du?«, fragte er leise. Tara blickte ruhig von Sam zu Petros. Dann stand sie auf.

»Ich denke, wir sollten gehen. Die Leute müssen ja erfahren, dass das Rennen von Ora wieder stattfindet.«

»WIE hast du das gemacht?« Die Tür zum Bretterbungalow flog auf und gefolgt von Sam stürzte Mika in den kleinen Raum, in dem Fanny ihr improvisiertes Turnier-Büro errichtet hatte. Mit angezogenen Beinen saß sie über Norbert das Tablet gebeugt auf dem wackeligen Stuhl. Der kleine Holztisch vor ihr war bedeckt mit Blättern voller Notizen und Listen. Ratte, der kleine schwarz-weiße Chihuahua, patrouillierte unterdessen übellaunig unter dem Tisch hin und her und Fannys blutige große Zehe verriet, dass seine Essenszeit wohl wieder näher rückte.

»Da draußen ist die Hölle los! Mein Vater und meine Tante geben gerade ein *Fernsehinterview*!« Sam sah Fanny an, als wäre sie ein sehr seltener und möglicherweise gefährlicher Kugelfisch.

»Hm?«, machte Fanny milde interessiert und löste ihre Augen nur widerstrebend vom Display des kleinen Computers. »Tatsächlich? Das ging ja schnell. Die waren wohl in der Nähe.« Sie nickte zufrieden und wandte sich wieder Norbert zu.

»Wusstet ihr, dass ein Vollmond, der gleichzeitig mit der Sonne am Himmel steht, streng astronomisch gesehen gar kein Vollmond ist? Er ist eher ein 97%-Mond, denn wenn der nahezu volle Mond am Vollmondtag aufgeht, kann er sich um einige Grade entfernt vom Oppositionspunkt aufhalten, je nachdem um wie viele Stunden der Aufgangspunkt dem Oppositionszeitpunkt voran- bzw. nachgeht.«

Mika grinste, Sam glotze. »Mama wäre stolz auf dich«, sagte Mika und ließ sich glücklich auf die untere Etage des Stockbetts fallen.

»Ich glaube aber nicht, dass das ein Problem ist«, murmelte Fanny vertieft. »Die spanische Kulturbehörde wird kaum einen Astrophysiker vorbeischicken, um das zu checken.«

Sam stand immer noch in der Mitte des Raumes und

gaffte Fanny mit offenem Mund an, bis die sich endlich zu ihr umdrehte.

»Was hat sie denn?«, Fanny sah Mika fragend an.

»Was hast du denn?«, gab Mika die Frage an Sam weiter.

»Wie hast du das gemacht?«, fand die endlich die Sprache wieder.

Fanny atmete aus. Sie war es gewohnt, dass die Leute nicht ihre Geschwindigkeit hatten, aber dieses Mädchen war wirklich schwer von Begriff.

»Siehst du das?«, fragte sie und hob Norbert hoch. Sam nickte. »Stell dir vor, dass ist ein Streichholz.« Sam nickte wieder. So weit konnte sie folgen. »An sich harmlos und ungefährlich. Aber«, sagte sie und ließ ihre Fingergelenke knacken, »wenn es in die richtigen Hände gelangt, kann man damit einiges anstellen. Zum Beispiel eine Zündschnur anzünden. Und dann …«, sie machte eine dramatische Pause und grinste breit: »BOOM!«

Sam glotzte noch einen Moment, dann musste sie plötzlich lachen. »Du bist ja …«, sie suchte nach einem passenden Wort: »krass.«

»Na ja«, sagte Fanny unbeeindruckt und war schon wieder über ihre Notizen gebeugt. »Jeder kann was anderes. Mika kann Pferde reden hören und ich bin … krass.«

Nun drehte Sam sich zu Mika, die plötzlich nicht mehr grinste, sondern still geworden war.

»Du kannst Pferde reden hören?«

»Quatsch!«, sagte Mika und warf Fanny einen bitterbösen Blick zu.

Doch Sam sah sie plötzlich an, als würde ihr etwas klar werden. »Du bist ein Schläfer, oder?«, fragte sie ruhig und nun sah Mika sie überrascht an.

»Allerdings«, kam es trocken aus Fannys Richtung, die die Blicke hinter ihrem Rücken nicht sehen konnte. »Sie pennt wo sie geht und steht. Das ist schon fast 'ne Krankheit.«

Mika sagte nichts. Doch Sam schien auch keine Antwort zu brauchen. Sie sah Mika ruhig an und nickte zufrieden, als hätte sie nun endlich etwas verstanden. Nach einem weiteren Moment wandte sie sich zum Gehen.

»Ich geh mal besser. Meine Tante und mein Vater brauchen vielleicht Hilfe.«

Doch an der Tür blieb sie noch einmal unschlüssig stehen.

»Äh … Fanny?«, fragte sie vorsichtig.

»Ja?« Fanny sah auf.

»Danke. Ohne Mika und dich …«

Diesmal grinste Fanny Sam warm an. »Schon gut. Man hilft eben seinen Freunden, so gut man kann. Ich meine, es war auch früher nie langweilig mit Mika, aber seit zwei Jahren ist richtig was los!«

»Klar. Freunde.« Das sonst so coole Mädchen sah plötzlich fast hilflos aus. Mika stand auf.

»Ja«, sagte sie und lächelte Sam an. »Freunde!«

Sam sah sie an und dann erschien ein vorsichtiges Lächeln auf ihrem Gesicht.

»Gut«, antwortete sie schnell und dann war sie auch schon verschwunden. Für eine Weile war in dem kleinen

Raum nur Fannys rastloses Tippen zu hören. »Oh Mann, was heißt Vollmond auf Spanisch?«

»Ich habe keine Ahnung«, sagte Mika ehrlich. »Aber ich bin sicher, du wirst es …«

»Luna Llena! Danke!«, sagte Fanny im selben Moment und Mika hätte sie in diesem Moment am liebsten umarmt. Dann sah Fanny auf.

»Mika?«

»Ja?«

Sie zeigte flehend mit dem Daumen unter den Tisch, von wo prompt ein Knurren ertönte. »Kannst du vielleicht irgendwas zu essen für das Raubtier besorgen? Ich hab zwar noch neun Zehen, aber die brauch ich irgendwie noch.«

Als die Tür hinter Mika ins Schloss gefallen war, hielt Fanny inne und ein unerwartet tiefer Seufzer drang aus ihrer Brust. Sie dachte an Sam. Es war immer noch komisch, den vertrauten Namen so oft zu hören. Denn sie vermisste den großherzigen, rehäugigen Stallburschen aus Kaltenbach mehr als sie zugeben wollte. Für einen Moment dachte sie nach. Dann nahm sie Norbert auf den Schoß und klickte auf das blaue Symbol des Videochats. Wenig später klingelte über 2500 Kilometer entfernt in Kaltenbach ein Handy. Und Sam Kaan, der gerade eine Fuhre Pferdeäpfel entsorgte, kippte vor Schreck fast in den Misthaufen, als er sah, *wer* ihn da anrief.

Immer noch drangen aufgeregte Stimmen vom Hof in den Stall, wo Mika neben Ostwind in der Box stand und methodisch einen Striegel durch sein dunkles Fell zog. Nachdem das Fernsehteam gegangen und wieder etwas Ruhe eingekehrt war, hatten sie alle zusammen am Tisch neben dem Brunnen zu Abend gegessen. Tara und Petros saßen am Ende des Tisches und waren in ein leises Gespräch vertieft, und Sam hatte Mika in letzter Sekunde freundschaftlich davor bewahrt, andalusischen Quallensalat zu essen. Der, wenn man Fanny glaubte, aber gar nicht nach Qualle, sondern eher nach salzigem Kleister schmeckte. Für Mika war es trotzdem der erste Abend in Spanien, an dem sie sich richtig angekommen fühlte.

Nun stand sie hier bei Ostwind, der seine tägliche Fellpflege normalerweise mit halb geschlossenen Augen und entspannt hängenden Ohren genoss, doch auch er schien die Energie zu spüren, die die Hacienda mit einem Mal erfüllte. Er bog den Kopf und sah Mika aus seinen goldenen Augen fragend an, als wolle er eine Erklärung. Mika lächelte und spürte, wie Wärme ihren ganzen Körper flutete.

»Calima wird wieder gesund und das haben wir dir zu verdanken. Und übermorgen reiten wir ein Rennen. Und diesmal eines, dass dir gefallen wird, das verspreche ich dir!«, sagte sie leise und löste sanft eine Klette aus seiner zweifarbigen Mähne. Mika dachte an das, was Sam ihr über das Rennen von Ora erzählt hatte und an die verblichenen Bilder, die Petros ihnen beim Abendessen gezeigt hatte. Von bunt bemalten Pferden, die ungesattelt mit dem Wind in der Mähne um die Wette liefen. Wo es nichts zu gewinnen gab, außer dem Gefühl von Geschwindigkeit und Zusammensein. *Das Pferd, das das Rennen von Ora ge-*

winnt, ist die Seele Andalusiens, hörte sie plötzlich die Stimme des lustigen Cowboys in ihrem Ohr, den sie auf ihrem Weg hierher getroffen hatte. Das war erst wenige Tage her, aber es fühlte sich für Mika an wie eine halbe Ewigkeit.

Ein Schnauben weckte sie aus ihren Gedanken. Ostwind knuffte sie in die Schulter und scharrte mit einem Vorderhuf, als wolle er gleich starten. Mika ließ den Striegel sinken, lehnte sich an seinen Hals und schloss die Augen. Sie fühlte die vertraute Energie ihres Pferdes wie kleine Wellen, die über sein warmes Fell liefen. Nach dem, was in Kaltenbach passiert war, hatte sie fast schon die Hoffnung verloren, dieses Gefühl je wiederzufinden. Aber jetzt war es da und alles war gut.

16. Kapitel

Die nächsten beiden Tage vergingen wie im Zeitraffer. Fannys Streichholz hatte im Internet ein wahres Lauffeuer entzündet und das Telefon auf der Hacienda stand nicht mehr still. Alle waren begeistert von der Nachricht, dass das legendäre Rennen von Ora wieder stattfinden würde. Jeder half nach Kräften, um alles für den großen Tag vorzubereiten. Mit schweren Traktoren wurde die Strecke geebnet, die quer durch die Hügellandschaft verlief und die Tara und Petros zuvor anhand einer alten Karte markiert hatten. Sam dirigierte die Arbeiter, die schattige Zelte als Unterkunft für die teilnehmenden Pferde aufbauten, Heuballen und Wassertröge heranschleppten und Tische und Bänke für das anschließende Fest auf dem Hof der Hacienda platzierten.

Walter, der jede Aufgabe sehr ernst nahm, verbrachte zwei ganze Tage damit, die alte Tribüne zu fegen und die alten Steine zentimeterweise von Unkraut zu befreien.

»Hat jemand vielleicht zufällig eine Zahnbürste dabei?«, fragte er atemlos, als Mika und Fanny auftauchten, um den Fortschritt seiner Arbeit zu begutachten. »Für die Zwischenräume?«, fügte er erklärend hinzu, als die beiden Mädchen erst sich und dann ihn ratlos ansahen.

»Äh … nein«, antwortete Fanny und rollte mit den Augen. »Aber wir bringen dir nachher gerne ein paar Zahnstocher vorbei?«

»Super! Damit geht's sicher auch!« Walter nickte begeistert und wandte sich dann wieder seiner Arbeit zu.

»Ironie ist nicht so sein Ding«, sagte Mika leise zu Fanny, die grinsend nickte.

Zum Glück ging andernorts die Arbeit schneller voran und als die Sonne am Abend vor dem Rennen unterging, war die Hacienda kaum wiederzuerkennen: alles blitzte, der Hof war festlich geschmückt und die provisorischen Pferdeboxen standen bereit. Erschöpft aber zufrieden saßen alle um den großen Tisch und sogar Mika war es diesmal egal, was da in ihrer Suppe schwamm. Sie war einfach nur glücklich. Alles war fertig. Morgen würde das Rennen starten!

Doch auch am nächsten Morgen gab es noch zu tun. Mika und Sam hatten gerade eine staubige Kiste von dem noch staubigeren Dachboden des Haupthauses geschleppt und das zusammengefaltete Stück Stoff, das sich darin befand, auf dem Hof ausgebreitet. Nun wedelten sie mit der Hand in der Luft und warteten, bis sich die immense Staubwolke gelegt hatte, die dabei aufgewirbelt worden war.

»Na, offenbar hast du gefunden, was du gesucht hast, no?«, schnarrte in diesem Moment eine raue Stimme. Als Mika sich umdrehte, erkannte sie den spanischen Cowboy, der neben einem sehr dicken und sehr müden weißen Pferd stand und sie freundlich anlachte. Er deutete auf das große Stoffstück, das die Mädchen eben entfaltet hatten und nun sah auch Mika, was es war: ein Banner. Darauf gestickt war das Symbol, das der Cowboy im Buch ihrer Großmutter wiedererkannt hatte und das sie hierhergeführt hatte. Die Silberdistel von Ora.

Der Cowboy wandte sich an Sam. »Samantha! Mein Gott, bist du gewachsen! Wie alt bist du jetzt, dreizehn oder schon vierzehn?«

»Sechzehn«, kam Sams schmallippige Antwort zurück, doch der Cowboy lachte nur.

»Dann wird's ja höchste Zeit für einen novio, sí?«, sagte er und Sam wurde plötzlich knallrot. Mika konnte zwar kein Spanisch, war sich aber ziemlich sicher, dass er Sam gerade nahegelegt hatte, sich einen Freund zuzulegen. Eilig kam sie ihrer neuen Freundin zu Hilfe.

»Sind Sie zum Rennen gekommen?«, fragte sie schnell, bevor er der armen Sam weitere peinliche Fragen stellen konnte.

»Sí, das will ich meinen! Ich habe es gestern im Fernsehen gesehen und bin heute Morgen gleich losgezogen. Das ist die beste Nachricht seit Langem«, sagte er und strahlte über das ganze zerfurchte Gesicht. Er musste Mikas zweifelnden Blick bemerkt haben, der nun auf dem dicklichen Pferd ruhte, das mit hängenden Ohren neben ihm stand, denn er fügte schnell hinzu:

»Und nebenbei ist es ja auch mein Job. Ich sagte doch, ich arbeite für die Regierung.« Jetzt fiel es Mika wieder ein.

»Sie sind hier um …«, sagte sie mit großen Augen und wieder lachte der Cowboy.

»Um gegebenenfalls gleich einen Schutzvertrag auszustellen, sí. Ich habe gestern mit Petros telefoniert und er meinte, die Zeit drängt.« Er wurde plötzlich ernst. »Ich wäre überglücklich, wenn ihr es schafft und diesen estúpidos von WaterLife eine Lektion erteilt! Das ist unser Land – und unser Wasser.«

»Natürlich schaffen wir das«, sagte Mika aufgekratzt. »Wir sind schon fast fertig. Die Rennstrecke ist frei und der Quallensalat ist sicher auch schon in der Mache, oder?«, sagte sie zu Sam und knuffte sie albern in die Seite. Doch Sam lachte nicht mit. Stattdessen sah sie den alten Mann fragend an.

»Was meinen sie damit, *wenn* wir es schaffen?«, fragte sie ernst und der Cowboy schüttelte nun besorgt den Kopf. »Naja, tres días? Drei Tage sind keine lange Zeit für die vielen Leute, um den weiten Weg herzukommen. Denn laut Kulturschutzgesetz müssen es mindestens zweihundert sein. Sonst sind die Bedingungen nicht erfüllt und ich kann den Verkauf des Landes nicht verhindern.«

»Zweihundert? Hat er wirklich zweihundert gesagt?«, fragte Fanny zum hundertsten Mal und sah Mika und Sam an, die bedrückt auf einem Felsen saßen und ihre Beine in das klare Wasser des Felsenbeckens von Ora baumeln ließen.

»Ja-ha«, antworteten Sam und Mika zum hundertsten Mal im Chor. »Zweihundert Leute müssen mindestens kommen, sonst gilt das Rennen nicht als Kulturdenkmal.«

»Ich kann nicht fassen, dass ich das übersehen habe.«

Fanny schüttelte den Kopf. Die Sonne stand schon tief am Himmel und ließ das Wasser der Quelle glitzern wie flüssiges Gold. Die drei Mädchen waren vor einigen Stunden aufgebrochen, um die Rennstrecke ein letztes Mal abzureiten. Außerdem hatte Fanny Ora noch nicht gesehen, und der Anblick der grünen Oase hatte sogar ihr ein ehrfürchtiges »Wow!« entlockt. Und das, obwohl Naturschauspiele aller Art sie sonst eher unbeeindruckt ließen. Mika sah zu Ostwind, der still im Schatten der mächtigen Bäume stand und nicht, wie Sams Pferd Cortado, schmatzend so viel von dem saftigen Gras verschlang wie er nur konnte. Stattdessen schien er zufrieden damit zu sein, einfach nur dazustehen, die würzige Luft einzuatmen und die Nähe seiner Herde zu genießen. Zwar hatten sie die Wildpferde bisher nicht gesehen, aber wie Ostwind spürte Mika, dass sie ganz in der Nähe waren.

Abwesend kraulte Fanny den kleinen Hund, der zusammengerollt auf ihrem Schoss schlief.

»Hat er wirklich gesagt, dass es genau …« , fing sie wieder an, doch ein Blick von Sam brachte sie zum Schweigen. »Schon gut. Ich denke, wir gehen besser zurück, bevor es dunkel wird. Ich muss dringend noch ein paar Brände legen.« Ihr Blick fiel auf die grellorangen Bänder, die leise um die Stämme der Bäume im Wind flatterten. Sie stand auf. »Diese Wassermafia DARF Ora einfach nicht kriegen«, sagte sie grimmig.

Sam sah zu Mika, die gar nichts gehört zu haben schien. »Sie hat recht. Wir sollten langsam aufbrechen.«

Mikas Blick ruhte immer noch auf Ostwind, der nun

den Kopf drehte und sie ansah. »Ich komme nach«, sagte sie, und fügte dann an Fanny gewandt hinzu: »Wenn das okay ist. Sam kann dich auf Cortado mitnehmen.«

Fannys eben noch finster entschlossene Miene löste sich ganz plötzlich auf. »Aber ... aber ... ich bin noch NIE auf einem anderen Pferd als Ostwind ...«, stammelte sie ängstlich.

Doch Sam stand ebenfalls auf, schlug ihr kumpelhaft auf die Schulter und sagte: »Kein Problem. Wir galoppieren einfach ganz langsam«, sagte sie und zwinkerte Mika zu. Dann pfiff sie leise und sofort setzte der kleine, braune Hengst sich in Bewegung und trabte los. »Bis später.«

Die Sonne war gerade untergangen und die Quelle lag nun im blauen Licht der Dämmerung. Ein leiser Wind war aufgekommen und Mika saß im Gras neben Ostwind und wartete. Immer wieder tastete sich ihr Blick an den Silhouetten der Bäume entlang. Der Hengst hörte sie zuerst. Seine Ohren zuckten und ein kaum wahrnehmbares Zittern lief über sein Fell. Mika hielt den Atem an. Und dann löste sich das erste Pferd aus dem Schatten. In gemächlichem Schritt trottete es durch das Gras auf das dunkel schimmernde Wasser des Felsenbeckens zu und senkte den Kopf. Dann kamen zwei weitere. Und noch eines. Nach und nach versammelten sich Taras Wildpferde um die Quelle und tranken. Zuletzt kam eine weiße Stute mit einem gescheckten Fohlen, das auf dem kurzen Weg von den Bäumen zum Wasser einen ausgelassenen Bocksprung machte. Neben ihr wieherte Ostwind leise. Mika schluckte. Auch ihr hatte der Anblick einen Stich versetzt und bevor sie es verhindern konnte, tauchte das Bild von 34 vor ihr auf. Und als würde ein Damm brechen stürzten nun die Bilder auf sie ein: der Schnee, der gespaltene Baum, Milans Gesicht, das tote Pferd in seinem Schoß. Und Ostwinds Fohlen, zitternd und zu klein unter der knisternden, goldenen Rettungsdecke. Sie hatte in den letzten Tagen alles versucht, um nicht an Milan zu denken. Aber plötzlich war er da. Und ein heftiger, brennender Schmerz erfasste ihren ganzen Körper. Milan war gegangen. Und sie konnte es ihm nicht einmal übel nehmen. Egal wie schrecklich sie ihn vermisste und wie gerne sie ihn wiedergesehen hätte. Sie dachte an das leere Zimmer. Und den einsamen Fichtenzapfen, den er ihr zum Abschied dagelassen hatte. Mika schloss die Augen und atmete tief durch.

Dann spürte sie eine Berührung und öffnete sie wieder. Ostwind hatte seinen Kopf zu ihr gesenkt und seine weiche Nase tastete behutsam über ihre Schulter. Mika lächelte und wusste in diesem Moment: Zumindest er hatte ihr verziehen. Dankbar streichelte sie über seine Stirn. Dann, als hätte er auf dieses Zeichen von ihr gewartet, setzte Ostwind sich in Bewegung und ging gemächlich auf die Herde zu, die sich in einem Halbkreis um das Wasser formiert hatte und trank. Als Ostwind auf sie zukam, hob eines der Pferde den Kopf und trat, als wäre er ein alter Freund, zur Seite, um ihm Platz zu machen. Mika sah zu den friedlichen Silhouetten der Wildpferde und plötzlich stiegen ihr Tränen in die Augen. Ihr Herz pochte wie ein zorniger

Specht gegen ihre Rippen. Bevor sie wusste, was sie tat, sprang sie auf.

»Ostwind!« Mika erschrak selbst über den Klang ihrer Stimme.

Die plötzliche Bewegung ließ die Pferde aufschrecken. Unruhe breitete sich wie eine Welle in der Herde aus. Ein großer Schecke stieß ein warnendes Wiehern aus, die Pferde stoben auseinander und verschwanden dann mit einem donnernden Grollen in der Dunkelheit. Und Mika war allein.

»Ostwind!«, rief sie noch einmal, und drehte sich verzweifelt um ihre eigene Achse. Für eine Weile blieb alles still. Doch dann hörte sie das Rascheln von Blättern und der Hengst tauchte in einiger Entfernung aus dem Schutz der Bäume auf. Dort blieb er stehen und sah Mika an. Sie rannte auf ihn zu und schlang ihre Arme um seinen Hals. Sie war fast benommen vor Erleichterung.

»Tut mir leid. Tut mir leid. Tut mir leid«, murmelte sie und vergrub ihr Gesicht in seiner Mähne.

So stand sie eine lange Zeit da, bis sich ihr wildgewordener Herzschlag wieder beruhigt hatte. Dann schwang sie sich auf Ostwinds Rücken.

»Ich weiß auch nicht, was mit mir los war. Das war sicher nur die Aufregung«, murmelte sie beruhigend, mehr zu sich als zu Ostwind. »Morgen ist ein großer Tag. Denn Morgen«, sagte sie und fand ihr Lächeln wieder, »reiten wir das Rennen von Ora!« Und mit einem wilden Wiehern, als wolle er nicht mehr so lange warten, stieg Ostwind auf die Hinterbeine. Mika wickelte eine Hand in seine Mähne, beugte sich tief über seinen Rücken und dann galoppierten sie unter dem wachsenden Mond am Nachthimmel Andalusiens zurück zur Hacienda.

17. Kapitel

Das Erste was Mika sah, als sie frühmorgens aus dem Fenster ihrer Hütte schaute, war eine blasse Mondscheibe, die gerade unter den Horizont tauchte. Es war soweit. Der Tag des Rennens war gekommen.

Die Hacienda Petros war kaum wiederzuerkennen. Bunte Banner wehten im warmen Frühlingswind, Blumengirlanden hingen vor allen Fenstern und auf dem Hof wurde gerade ein riesiges Feuer entzündet, das den ganzen Tag lang brennen würde. Es war noch früh, aber schon trafen die ersten Leute ein. Einige kamen aus den Nachbarsiedlungen, viele reisten aus anderen andalusischen Provinzen an. Junge und alte Männer, Großfamilien, Touristen mit großen Augen und noch größeren Kameras. Petros hatte sich zur Feier des Tages seinen wilden Bart gestutzt und stand am Tor, um jeden Einzelnen, Gast oder Teilnehmer, persönlich zu begrüßen. Mit dem eleganten flachen Hut und der kurzen, schwarzen Jacke sah er ein bisschen aus wie ein Torero. Gerade wies er einer siebenköpfigen Familie mit drei unruhigen Fuchsstuten den Weg zur Anmeldung, als er aufsah und einen Moment erstaunt innehielt. Vor ihm stand eine große, schlanke Frau in einem langen schwarzen Kleid. Ihre silbergrauen Haare hatte sie zu einem Zopf geflochten, der schwer auf ihrer Schulter lag. Nur ihre nackten Füße passten nicht recht in das Bild einer spanischen Donna.

»Ich bin zu spät«, sagte Tara entschuldigend. »Aber ich habe schon lange nicht mehr ... ich war nicht sicher ...« Unsicher sah sie an sich hinab, doch Petros lächelte nur.

»Du bist nicht zu spät«, sagte er und wies mit der Hand auf den Platz an seiner Seite. »Du bist genau im richtigen Moment gekommen.«

Staunend bahnte Mika sich den Weg durch den Trubel. Viele der Frauen trugen bunte Flamencokleider, ein paar Männer wie Petros die malerische andalusische Tracht. Die meisten jedoch waren einfach in ihrer Arbeitskleidung gekommen. Ein paar junge Männer sahen aus wie Indianer, denn sie trugen nur kurze Hosen und hatten sich mit bunten Farben Symbole auf Brust und Arme gemalt. Das Auffallendste waren aber die Pferde, die wie selbstverständlich zwischen all den Menschen umherliefen. In ihre Mähnen waren bunte Bänder und Blumen gebunden die Schweife waren zu originellen Zöpfen geflochten und fast jedes Pferd war auf dem Rücken bemalt. Diese bunten Zeichnungen stellten Wappen, Brandzeichen und Familiensymbole der umliegenden Dörfer und Provinzen dar. Statt eines Sattels trugen manche Pferde bunte Decken, andere gar nichts, eine Trense mit Gebiss sah Mika bei keinem. Das hier, dachte Mika, war das Gegenteil der Turniere, die sie kannte. Alles wirkte frei und ungezwungen. Keine Regeln, keine Uniformen! In diesem Moment erspähte sie Fanny, die im Schatten eines Baumes in einem hastig zusammengenagelten Kiosk saß, der als Anmeldung diente.

»Sí. Vamos nos Señor, s'il vous plaît. Et votre horse?«, fragte Fanny und überreichte einem von ihrem Kauderwelsch sichtlich verwirrten Mann auf einem nervösen braunen Pferd ein Ticket.

»Ich wusste gar nicht, dass du Spanisch kannst«, lachte Mika ihre Freundin an. Fanny zuckte gut gelaunt mit den Schultern.

»Man tut was man kann.«

»Und, wie sieht's aus?«, fragte Mika wieder ernst.

»130 bis jetzt. Und in knapp einer Stunde geht es los.« Fanny sah gar nicht glücklich aus. »Aber das wird schon!«, fügte sie dann mit ihrem unverbesserlichen Optimismus hinzu. »Und hier ist dein Ticket. Und damit sind wir schon bei 131.«

Doch dann verzog sich Fannys Gesicht zu einer angestrengten Grimasse. Mika kannte ihre Freundin und wusste, sie hatte entweder plötzlich heftige Zahnschmerzen bekommen oder sie versuchte, einen Lachanfall zu unterdrücken. Sie drehte sich um. Und sah Sam, die eben durch die Menge auf sie zusteuerte. Sie steckte in einem rüschigen, zartrosa Flamencokleid und trug einen Haarreifen, an dem eine überdimensionale, pinkfarbene Kunstblume prangte. Nur ihr drohender Gesichtsausdruck erinnerte unverkennbar an Sam. Bevor sie es verhindern konnte, klappte Mikas Kiefer nach unten.

»Ein einziges Wort und das Rennen findet aus gesundheitlichen Gründen ohne dich statt!«, fauchte Sam sie an und wandte sich dann an Fanny.

»Und wenn du lachst, dann …«

Fanny legte sich schnell die Hand über dem Mund. »Ich lache nicht, ich habe Zahnweh«, protestierte sie, aber es klang verdächtig glucksend.

»Wie auch immer«, sagte Sam finster und so würdevoll, wie es ihr Aufzug zuließ. »Ich darf mich zum Rennen wieder umziehen. Aber mein Vater wollte gerne, dass ich die Leute in Landestracht begrüße.«

»Klar!«

»Sicher!«

»Sieht gut aus!«

Fanny und Mika sahen sich an. Das war zu viel.

»Nein, sieht scheiße aus«, grinste Sam plötzlich. »Aber egal. Das Rennen startet in einer Stunde. Und ich habe noch eine Überraschung für dich«, sagte sie dann, an Mika gewandt.

»Was denn?«

»Folge mir unauffällig«, sagte Sam, raffte ihr Rüschenrock-Ungetüm und verschwand mit ziemlich undamenhaften Cowboyschritten in Richtung Stall. Mika und Fanny sahen sich grinsend an.

»Unauffällig? Das wird schwierig,« kicherte Fanny, zwinkerte Mika zu und wandte sich dann zwei buckligen Greisen zu, um ihnen Ticket Nummer 132 und 133 zu verkaufen.

Suchend ging Mika durch den lichtdurchfluteten Stall der Hacienda, in dem der rosafarbene Rock zuvor verschwunden war. Doch von Sam fehlte jede Spur. Sie seufzte und sah auf die Uhr. Langsam wurde es Zeit, Ostwind zu holen und zum Startpunkt an die steinerne Tribüne zu führen. Zu ihrer Überraschung war sie nicht im Mindesten aufgeregt. Sie fühlte sich gar nicht, als würde sie heute ein Rennen reiten. Für einen Moment dachte sie an den gestrigen Abend und den merkwürdigen Schmerz in ihrer Brust beim Anblick der wilden Herde. Sie vertrieb die Erinnerung mit einem energischen Kopfschütteln, zog die Tür zu Ostwinds Box auf und … ihre Augen weiteten sich vor Staunen.

»Gefällt's dir?« Sam war neben Mika aufgetaucht und sah in ihrer gewohnten Jeans und einem weißen Hemd wieder aus wie sie selbst. Doch Mika starrte nur. Jemand hatte Ostwind für das Rennen von Ora vorbereitet und er sah aus, wie sie ihn noch nie gesehen hatte. Sein Mähnenschopf war zu einem Zopf gebunden, der senkrecht nach oben stand und dessen Spitze knallrot eingefärbt war. Die Fesseln waren mit grellbunten Bandagen umwickelt und sein dunkles Fell war kunstvoll mit Symbolen, Linien und Kreisen bemalt. Sam sah Mika schüchtern an, die immer noch nichts gesagt hatte. »Ich habe die alten Fotos als Vorlage benutzt. So sah Taras Pferd aus, als sie das letzte Rennen gewonnen hat.« Ostwind scharrte wiehernd mit dem Huf, wie um zu bestätigen, dass er mit seiner Kriegsbemalung mehr als zufrieden war.

»Hier, das ist unser Brand, die Silberdistel, das kennst du

ja«, erklärte Sam und deutete der Reihe nach auf die verschiedenen Zeichen. »Das ist das Wappen der Provinz hier. Diese Linien stehen für die vier Elemente. Hier sind Sonne und Mond. Nur das, das ist anders als bei Tara«, sagte sie und deutet auf Ostwinds Brust. Mika kniff die Augen zusammen. Es war zwar nur mit groben Strichen gemalt, aber sie erkannte es sofort: Es war das Gestütswappen von Gut Kaltenbach.

»Fanny hat es für mich gegurgelt. Oder wie das heißt«, setzte Sam strahlend hinzu. Und endlich fand Mika die Sprache wieder.

»Wahnsinn. Sam, das ist … Wahnsinn!« Sie trat zu ihrem Pferd und fuhr staunend mit dem Fingern über die kunstvolle Bemalung.

»Er sieht aus«, sie suchte nach den richtigen Worten. »Er sieht aus wie … der Ostwind«, sagte sie und drehte sich strahlend zu Sam um. »Danke!«

Sam strahlte zurück. »Warte bis du Cortado siehst! Papa hat mir erlaubt, ihn zu reiten«, fügte sie stolz hinzu.

»Gut«, sagte Mika. »Ihr passt zusammen, weißt du?« Ein Schatten legte sich auf Sams Gesicht.

»Ja. Aber er wird trotzdem bald verkauft werden.«

Darauf hatte Mika keine Antwort. Doch Sams gute Laune war schon wieder da. »Dann sind wir doch jetzt bereit, oder?«

Mika sah Ostwind an. Seine goldbraunen Augen schienen förmlich zu leuchten. Er sah wild aus und frei. Und in diesem Moment wusste sie: Das würde sein Rennen werden.

»Ja«, sagte sie. »Wir sind bereit.«

Als Mika und Sam wenig später die Pferde aus dem Stall führten, war der große Hof der Hacienda nahezu leer. Bis auf ein paar vereinzelte Reiter waren alle schon den bunten Strohballen gefolgt, die den Weg zum Start der Rennstrecke wiesen. Sam war schon auf dem Weg ihnen zu folgen, als Mika sie stoppte.

»Sam, warte mal«, sagte sie und zeigte auf eine Gruppe von Menschen, die mit ernsten Gesichtern um Fannys Anmelde-Kiosk standen. Petros, Tara und der Cowboy. Die beiden Mädchen sahen sich an. Das konnte nichts Gutes heißen.

»Ich habe es fünfmal kontrolliert«, sagte Fanny gerade niedergeschlagen, als Mika und Sam die Gruppe erreichten. »Es sind 194. Ich meine, sechs Leute hin oder her, das KANN doch keinen Unterschied machen.«

Der Cowboy schüttelte langsam den Kopf und sah Petros mitfühlend an. »Ich fürchte, doch. Ich würde nichts lieber tun, aber wenn ich den Schutzbrief ausstelle, ohne dass die Bedingungen erfüllt sind, dann ist er nicht gültig. Und käme es zu einem Prozess ...« Er musste den Satz nicht vollenden, denn Petros nickte bereits.

»Ich verstehe, Carlos. Danke.«

Sam sah ihren Vater ungläubig an. »Es sind SECHS Leute zu wenig und deshalb war alles umsonst?«

Eine schmale Hand legte sich beruhigend auf Sams Schulter. Tara sah ihre Nichte liebevoll an.

»Es war nicht umsonst, Sam. Das Rennen von Ora wird heute stattfinden, so oder so.«

»Hm nein, ich fürchte das wird es nicht«, sagte in diesem Moment eine ölige Stimme. Mika erkannte sie sofort: Sie gehörte dem Bürgermeister, dessen Gespräch mit Petros sie vor einigen Tagen in der Küche belauscht hatten. Nun stand er vor ihnen und sah genauso unsympathisch aus, wie er sich angehört hatte. Neben ihm standen vier Männer, die mit ihren perfekt sitzenden grauen Maßanzügen und bleichen Gesichtern in der warmen Sonne Andalusiens so fehl am Platze wirkten wie Pinguine in der Wüste. Ratte, der kleine Chihuahua, der bis jetzt ruhig in einer Orangenkiste auf dem Tresen der Anmeldung geschlafen hatte, begann plötzlich wild zu kläffen.

»Dieses Rennen ist illegal, denn es verläuft über Land, das sich im Besitz der WaterLife AG befindet und wir können Ihnen leider keine Genehmigung dafür erteilen!« Einer der Anzugmänner hatte nun das Wort ergriffen.

»Im Übrigen sehen wir uns gezwungen, das von uns erworbene Gebiet zeitnah mit einem Zaun gegen weitere unbefugte Benutzung zu schützen und …«, er hielt irritiert inne, denn plötzlich hatte ihm jemand etwas in die Hand gedrückt und er vergaß, was er sagen wollte. Fanny stand vor ihm und grinste ihn an wie ein Löwe eine verletzte Antilope.

»Tja, DAS hier ist allerdings UNSER Land und wenn Sie hier stehen wollen, müssen Sie ein Ticket haben, andernfalls ist das eine unbefugte Benutzung und darauf steht eine Gefängnisstrafe von, sagen wir, 3 bis 18 Jahren.« Mit großen Augen sah der Mann zu, wie Fanny auch seinen Kollegen und zuletzt dem Bürgermeister energisch einen kleinen blauen Zettel in die Hand drückte. Mika hielt den Atem an, als sie verstand, was Fanny vorhatte. Auch Petros sah erst zu Fanny, dann zum Cowboy, auf dessen Gesicht plötzlich ein unmerkliches Lächeln erschienen war.

»Ja, ja, was auch immer«, sagte der Bürgermeister genervt und steckte das Ticket achtlos in die Tasche. »Jedenfalls ist jetzt Schluss hier. Ich habe dich gewarnt, Petros. Jetzt kann ich dir und deiner …«, er sah Tara abschätzig an, »… verrückten Sippe auch nicht mehr helfen. Schade um die Pferde, aber ihr habt es ja nicht anders gewollt.«

Taras Gesicht wurde hart und sie machte einen drohenden Schritt auf den untersetzten Mann zu, den sie um fast zwei Köpfe überragte. Er wich erschrocken zurück und stieß dabei ein ängstliches Quieken aus. Waschlappen, dachte Mika.

»199!«, flüsterte Fanny im selben Moment aufgeregt und sagte dann laut »Sind Sie schon vollzählig? Ich meine, haben Sie nicht noch irgendwelche Schlägertypen, die vielleicht im Auto warten?« Der Bürgermeister drehte sich entgeistert zu ihr um.

»WAS? Nein!«, sagte er und schüttelte den Kopf.

»Mist!«, entfuhr es Mika. Alle sahen sich an. Nun war also der Moment gekommen, sich die Niederlage einzugestehen. Tara ergriff Petros Hand. Sie waren so nah dran gewesen!

Doch plötzlich reckte Sam den Hals wie ein Erdmännchen in der Prärie.

»Da!«, sagte sie und deutet mit einem zitternden Finger auf das Tor. Alle drehten sich gleichzeitig um: Mika, Fanny,

Tara, Petros, der Bürgermeister und sogar die Anzugträger, alle starrten zum Tor, durch das in diesem Moment seelenruhig ein rotblondes Mädchen mit Sommersprossen und gebatikten Pluderhosen schlenderte. Ohne besondere Eile kam sie auf die seltsame Gruppe zu, lud einen staubigen Rucksack von ihrem Rücken, grinste in die Runde und sagte dann:

»Hallo, ihr lieben Leute! Da wäre ich also.«

Fanny, Sam und Mika sahen sich an. Und plötzlich schrien alle drei, so laut, dass die Anzugträger erschrocken zusammenfuhren:

»SONJAAAAAA!«

18. Kapitel

Es war fünf Minuten vor zwölf als Mika und Sam ihre Pferde zum Startpunkt im Halbkreis der alten Steintribüne führten. Die Ränge waren voll besetzt und die Luft flirrte förmlich, aufgeladen mit der wilden Energie der bunt bemalten Pferde, die dicht gedrängt vor dem roten Startband standen und nur darauf zu warten schienen, dass es endlich losging. Mika und Sam fanden ihren Platz zwischen den anderen Startern: Kinder mit bloßen Füßen, Greise mit polierten Stiefeln, stolze junge Männer mit langen Haaren und nacktem Oberkörper. Mika sah sich um und war erfüllt von unbändigem Stolz. Sie hatten es geschafft. Das war ihr Rennen. Genauso und nicht anders musste es sein. Sie hätte viel darum gegeben, wenn ihre Großmutter das hätte sehen können. Zum ersten Mal verstand sie, was es Maria bedeuten musste, jedes Jahr die Kaltenbach Classics zu eröffnen. Auch wenn das hier so ziemlich das Gegenteil davon war – das Gefühl war dasselbe.

Eine tiefe Stimme erhob sich nun über den aufgeregten Tumult, der ganz plötzlich verstummte.

»Diez … nueve … ocho.«

Mika hob den Kopf und sah Petros, der das Startband in

seiner großen Faust hielt und langsam den Countdown vorzählte. Die alten Steinmauern verstärkten seine Stimme besser als jedes Mikrofon.

»Siete … seis.« Die Zuschauer auf den Rängen zählten nun mit.

Neben ihr schwang Sam sich auf Cortados blanken Rücken und nickte Mika zu. »Komm. Es geht los!«, sagte sie.

»Cinco … cuatro«, donnerte es über ihren Köpfen. Mika wandte sich zu Ostwind, der neben ihr stand und ganz still war. Wie eine Bogensehne vor dem Schuss. Leise strich sie über sein Fell, das von weißen und roten Linien durchzogen war, doch der Hengst sah sie nicht an. Seine Augen waren auf den Horizont gerichtet. Auf das Ziel: Ora.

»Mika! Steig jetzt auf!«, rief Sam über das Dröhnen des Countdowns.

»Tres … dos.«

Mika sah Fanny, die neben Petros schwerem Geländewagen an der Startlinie stand, bereit hineinzuspringen und das Feld zu begleiten. Ihre Blicke trafen sich. »Was. Machst. Du?«, telegrafierten Fannys Augen fragend. Und in diesem Moment wurde Mika klar, WAS sie tun würde. Zweimal hatte Ostwind für sie einen Wettkampf bestritten, dieses Rennen war seins.

»UNO.«

Mika schlang ihre Arme fest um den Hals des Hengstes und flüsterte in sein Ohr. »Du machst das. Allein. Geh!«

»CERO!«, brüllte die Menge wie aus einem Mund und im gleichen Moment zerriss ein Startschuss die Luft und das Rennen begann.

Es klang wie ein einziges wildes Wiehern aus vielen Kehlen mit dem die Pferde sich aufbäumten. Und dann galoppierten sie los. Weiße, schwarze, braune Mähnen flatterten im Wind, Trommler versuchten den Rhythmus zu halten und die gewaltige Staubwolke nahm Mika für einen Moment die Sicht. Sie schloss die Augen und spürte Wind in ihren Ohren rauschen. Sie sah die Weite vor sich. Flog auf den Horizont zu.

»Mika!«, eine Stimme war plötzlich neben ihr, eine Hand griff ihren Arm und zog sie fort. »KOMM!«

Fanny schob Mika förmlich in den wartenden Geländewagen, der losschoss, noch ehe sie die Tür ganz geschlossen hatten.

Es war ein Anblick, den keiner je in seinem Leben vergessen würde. Nicht einmal Fanny. Die wilden Schreie der Reiter, die donnernden Hufe und die ungezähmte, pure Energie der Pferde im Rausch der Geschwindigkeit. Mika presste ihr Gesicht an die staubige Scheibe des Jeeps, dessen heulender Motor alles gab, um den Anschluss an die Pferde nicht zu verlieren. Sie sah Sam, die sich tief über Cortados Rücken gebeugt hatte und seinen Sprüngen so selbstverständlich folgte, als sei das Pferd ein Teil ihres Körpers. Doch wo war Ostwind? Mika blinzelte angestrengt, doch es war schwer, in dem dichten Feld einzelne Pferde zu erkennen. Es waren einige darunter, die ohne Reiter mitliefen, aber Ostwind war nirgends zu sehen. Fanny schien ihre Gedanken zu erraten.

»Wo ist er denn? Ich seh ihn nicht«, fragte sie besorgt

und verdrehte ihren Hals, um das Feld bis zum Ende zu überblicken. »Ich meine, dass ist ja auch echt Irrsinn, ihn einfach so allein …« Dann sahen sie es. Ein einzelnes Pferd, das nun langsam aus der Staubwolke auftauchte, die die anderen Pferde aufgewirbelt hatten. Die zweifarbige Mähne war unverkennbar.

»Ostwind!«, brüllten Mika und Fanny wie aus einem Mund und als wolle er antworten, riss der Hengst mit einem wilden Wiehern den Kopf hoch. Er lag weit hinter dem Feld zurück.

»Rennen ist vielleicht nicht so seine Stärke«, sagte Fanny und sah Mika an. Doch Mika antwortete nicht. Ihr Körper war zwar hier, mit Fanny in dem holprigen Geländewagen, aber der Rest war bei Ostwind.

»Lauf! Lauf! Lauf!«, schrie sie tonlos gegen den tosenden Wind. Und Ostwind lief. Langsam, aber Pferdelänge um Pferdelänge, holte er auf.

Mika sah den überraschten Ausdruck auf Sams Gesicht, die das Feld nun fast anführte, als das schwarze, reiterlose Pferd neben ihr auftauchte. Schulter an Schulter rasten sie weiter, überholten Pferd um Pferd. Petros, der am Steuer des Geländewagens saß, drückte das Gaspedal durch, um mit seiner Tochter gleichauf zu bleiben. »Schneller, Sam! Schneller!«, feuerte er sie brüllend an und Sams strahlendes Grinsen verriet, dass auch sie diesen Moment für immer in Erinnerung behalten würde.

»Da ist Ora! Wir sind fast da!«, brüllte Fanny plötzlich, die im Gegensatz zu den anderen ihren Blick für einen Moment von den Reitern gelöst hatte und nach vorn blickte.

Und tatsächlich: Die mächtigen Bäume der Quelle waren nur noch wenige Hundert Meter entfernt. Zwei Felsen markierten den Zielpunkt, zu dem schon in den frühen Morgenstunden viele der Zuschauer gepilgert waren. Das Schlagen der Trommeln war schon zu hören, gemischt mit den begeisterten Schreien der Menschen, die in wenigen Augenblicken den Sieger des Rennens in Empfang nehmen würden.

Immer noch Nase an Nase zogen Ostwind und Cortado nun an den letzten Pferden vorbei, die noch zwischen ihnen und dem Ziel lagen. Das rhythmische Trommeln ihrer Hufe, das stoßweise Schnauben ihrer Nüstern war in völligem Gleichklang und büschelweise flog das dürre Gras der Steppe um ihre Fesseln. Der Geländewagen fiel zurück. Selbst ein 250 PS starker Dieselmotor konnte diese Pferde nicht mehr einholen.

Mika ließ sich zurück in den staubigen Ledersitz fallen und schloss noch einmal die Augen. In der flirrenden Luft sah sie die Felsformation vor sich und dahinter die großen Bäume, die die magische Quelle beschatteten. Sie spürte die Geschwindigkeit in jeder Faser ihres Körpers, mit der sie darauf zustrebte. Schneller, schneller, sie wollte Ora erreichen, schneller, schneller, schneller! Sie wollte … *nach Hause.*

Erschrocken riss Mika die Augen auf. Und genau in diesem Augenblick, als hätte ein heftiger Windstoß ihn erfasst, schob der schwarze Hengst sich an Cortado vorbei durchs Ziel.

Die Sonne war schon untergangen, doch die Siegesfeier auf der Hacienda Petros war noch lange nicht vorbei. Der Duft von gegrillten Sardellen lag in der Luft und überall im Hof brannten Feuertonnen und Fackeln. Inmitten des festlich beleuchteten und geschmückten Reitplatzes standen Ostwind und Cortado. Sie waren mit Blumenketten und bunten Bändern geschmückt und fraßen friedlich Heu aus einer Tonne, während über ihnen das Banner mit der Silberdistel im lauen Wind flatterte. Kinder hingen in großen Trauben am Gatter und bestaunten die beiden Siegerpferde und immer wieder zuckten die Blitze von Kameras durch die Dämmerung, um diesen Moment festzuhalten. Mika und Fanny saßen etwas abseits auf einer Bank neben dem Brunnen und sahen dem Rummel zu. Mika hatte Mühe, hier anzukommen, so ereignisreich und unerwartet waren die vergangenen Stunden gewesen. In ihrer Brust drängten sich so viele Gefühle, dass sie gar nicht wusste, wie es ihr eigentlich genau ging. Sie war stolz und traurig und überglücklich und einsam. Sie seufzte und lehnte ihren Kopf an Fannys Schulter, die kurz von ihrem Handy aufsah, über das sie schon seit einiger Zeit gebeugt war.

»Schau mal. Wenn das so weitergeht, hat sie bald ein Schleudertrauma«, sagte die belustigt und zeigte auf eine Gruppe junger Männer, die Sam auf ihre Schultern genommen hatten und sie unter lauten Jubelrufen herumreichten wie den Pokal bei einer Meisterfeier. Sam war die Gewinnerin des Abends. Auch wenn Ostwind das Rennen gewonnen hatte, war sie die offizielle Siegerin.

»Hm«, machte Mika und lächelte schwach. Fanny sah sie an. »Wie geht es jetzt eigentlich weiter, hm? Bleibst du hier?«, fügte sie nach einer Pause vorsichtig hinzu. Sie hatte wohl gehört, wie Petros Mika dieses Angebot gemacht hatte. Doch bevor Mika antworten konnte, knisterte eine blecherne Rückkopplung so laut über den Hof, dass das Lachen und Gemurmel an den vielen Tischen jäh verstummte. Alle sahen nun zu dem Mann, der mit einem altmodischen Mikrofon in der Hand auf zwei wackeligen Heuballen stand. Er lachte über sein ganzes zerfurchtes Gesicht und schob sich den löcherigen Cowboyhut in den Nacken, bevor er seine Ansprache begann.

»Ich wollte euch nicht lange unterbrechen, aber es ist meine wundervolle Pflicht euch mittzuteilen, dass soeben die offizielle Bestätigung aus Madrid kam: Das legendäre Rennen von Ora, das heute zum ersten Mal nach 41 Jahren wieder hier stattgefunden hat, ist nun offiziell Teil des andalusischen Kulturschatzes.« Er machte eine Pause, um den aufbrandenden Applaus und die Jubelrufe abzuwarten, die sich prompt erhoben und fuhr dann fort: »Und das heißt, dass das Land auf dem es stattfindet, die Quelle von Ora und alle Pferde, die hier leben, ab sofort unter dem Schutz der spanischen Regierung stehen!«

»Jihaaaaaaa!«, hallte es wieder von allen Seiten. Der Blick des Cowboys fand Petros, der am Kopfende der langen Tafel saß und verdächtig wässerige Augen hatte, als er nun aufstand. Petros hob sein Glas.

»Ich danke euch allen, dass ihr gekommen seid. Aber jetzt möchte ich das Glas auf die Menschen erheben, ohne die wir hier heute nicht zusammen feiern könnten: auf meine Tochter Saman-«, er hielt plötzlich inne und lächelte Sam über die Köpfe der Gäste hinweg an. »Meine Tochter SAM, die unsere Familie mit *ihrem* Pferd heute so würdevoll vertreten hat.« Sam sah ihn mit großen Augen an.

»*Mein* Pferd?« Ihre Lippen hatten die Worte tonlos geformt, doch Mika hatte keine Mühe, sie zu verstehen. Sie grinste plötzlich breit. Auch Petros hatte sie verstanden, denn er nickte lächelnd: »Dein Pferd.« Dann fuhr er fort. »Auf meine Schwester Tara«, bei diesen Worten sahen sich alle suchend um, doch Taras hochgewachsene Gestalt war nirgends zu sehen. Petros fuhr unbeirrt fort. »Die zwar nicht mehr hier ist, aber nun wieder Teil dieser Familie ist. Und auf Fanny ...« Bei der Erwähnung ihres Namens schoss Fannys Kopf nach oben, die schon wieder in ihr Handy vertieft gewesen war.

»Was?«, sagte sie erschrocken und wurde knallrot, als sie sah, dass der gesamte Hof Petros Blick gefolgt war, der nun auf ihr ruhte. Sie winkte fröhlich in die Runde und murmelte dabei so leise, dass nur Mika es hören konnte: »Na, hoffentlich schenkt er mir jetzt kein Pferd.«

Petros fuhr fort: »Fanny, die euch alle hierhergebracht hat. Vielen Dank!« Er hob sein Glas und wieder brandete Jubel auf, als alle es ihm gleichtaten. Doch er war noch nicht fertig. »Und zu guter Letzt danke ich dem Menschen, der uns wieder *zusammen*gebracht hat. Uns alle hier, meine Familie. Und die Pferde. Sie ist dafür einen weiten Weg gekommen, aber ich hoffe, sie weiß, dass sie von nun an immer ein Zuhause hier haben wird.« Er machte eine Pause und alle sahen sich ein bisschen ratlos an, denn niemand verstand so genau, was er da redete und wen er meinte. Niemand außer Sam, Fanny und …

»Mika!«, schloss Petros einfach, hob sein Glas hoch in die Luft und der Rest seines Toasts ging im tosenden Beifall der Menge unter, die nun lange genug gewartet hatte.

»Hey, hey, hey! Du wirst doch nicht schon gehen!?« Sam sprang Mika, die gerade aus dem Stall kam, übermütig in den Weg. Mika hatte Ostwind trotz des lautstarken Protestes seiner kleinen und großen Fans vom Reitplatz geholt und ihn in die Box gebracht. Der Hengst schien im Gegensatz zu Mika aber nicht im Geringsten müde oder erschöpft zu sein. Als sie ihn mit einer Wurzelbürste von seiner Kriegsbemalung befreite, hatte sich sein dunkles Fell unter ihren Fingern selbst Stunden nach dem Rennen immer noch angefühlt, als würde es unter Strom stehen. Ein merkwürdiges Gefühl hatte in diesem Moment von Mika Besitz ergriffen, ein tiefes Gefühl, das aber wie in einen Nebel gehüllt war, sodass sie es noch nicht richtig sehen und verstehen konnte.

»Ach was«, schob sie die komischen Gedanken energisch weg. Wahrscheinlich brauchte sie wie immer einfach nur eine große, warme Wollmütze voll Schlaf! Und tatsächlich, bei dieser Vorstellung ging es ihr sofort besser. Sie hatte den rettenden Durchgang, der vom Stall zu ihrer Behausung führte schon fast erreicht, als Sam plötzlich vor ihr stand. Ihr Gesicht leuchtete und die kurzen blonden Haare standen wieder wild in alle Richtungen.

»Du kannst jetzt noch nicht schlafen gehen! Und wo ist

überhaupt Fanny? Wir müssen noch tanzen!« Mika sah Sam fragend an.

»Fanny ist nicht mehr auf dem Fest?«, fragte sie misstrauisch. Das sah ihrer Freundin nicht ähnlich. Fanny feierte für ihr Leben gerne und war im Gegensatz zu Mika immer die Erste und Letzte auf jeder Tanzfläche.

»Nö. Sie hat erst die ganze Zeit telefoniert und plötzlich war sie weg«, verkündete Sam unbekümmert. »Was ist jetzt, kommst du mit? Du hast unsere berühmte Hammelfußsülze noch gar nicht probiert, aber ich hab dir natürlich ein Stück aufgehoben«, sagte sie und zwinkerte Mika zu.

»Danke. Mir hat das Paprikagemüse vollends gereicht. Das war so scharf, dass mein Geschmackssinn frühestens übermorgen zurückkehrt«, erwiderte sie grinsend. Sam zog eine Augenbraue hoch.

»Das war kein Paprikagemüse«, verkündete sie mit Grabesstimme und trotz ihrer Müdigkeit musste Mika lachen.

»Weißt du, du erinnerst mich an jemanden, den du unbedingt mal kennenlernen musst. Er ist Stallbursche auf Kaltenbach, ihr habt wirklich viel gemeinsam!«

Sam sah überrascht aus. »Lustig, das hat Fanny auch schon gesagt. Also kommst du jetzt? Irgendwer MUSS mit mir tanzen!« Mika wollte gerade den Kopf schütteln, als eine leise, schüchterne Stimme aus dem Schatten ertönte. Die beiden Mädchen fuhren erschrocken zusammen.

»Äh … ich. Also … äh … ich tanze gerne mit dir.«

»Mann! Walter! Musst du dich immer so anschleichen«, fuhr Sam den langen, dünnen Jungen an, der nun unsicher vor ihr stand, und von einem Bein aufs andere trat, als müsse er dringend auf die Toilette.

»Tschuldigung«, sagte er zerknirscht. »Ich wollte dir nur sagen, das war wirklich unglaublich heute. Ich habe Pferde noch nie so gesehen. Und außerdem …«, er sah Sam an, als wäre sie das achte Weltwunder und er habe es soeben entdeckt, »war das wirklich ein sehr schönes Kleid, dass du heute Morgen anhattest.« Mika verwandelte das Prusten, das ihr angesichts von Sams entsetztem Gesichtsausdruck entkam, rasch in ein Husten.

»Äh also, du bist natürlich auch so sehr … äh … du hast sehr schöne …«, ruderte Walter weiter, doch bevor er der armen Sam endgültig den Todesstoß versetzen konnte, nahm Mika ihn am Arm.

»Super! Sam geht total gerne mit dir tanzen! Aber vielleicht redet ihr erst mal lieber über …«

»Pferde?«, fragte Walter hoffnungsvoll und Mika nickte zustimmend.

»Pferde. Sehr gut!« Sie nahm Sam, die immer noch in Schockstarre dastand, an den Schultern, drehte sie sanft um und gab ihr einen Schubs, um sie in Bewegung zu setzen. »Viel Spaß!«, rief sie den beiden hinterher, die durch den schattigen Laubengang in Richtung der Musik verschwanden.

Als Mika wenig später die Tür zu ihrer Hütte öffnete, klappte Fanny gerade ihren großen Rollkoffer zu.

»Du fährst?«, fragte Mika überrascht.

»Na ja, mein Werk hier ist vollbracht und ich muss ja

schließlich noch den Rest der Welt retten«, sagte Fanny leichthin, aber Mika hörte deutlich den schuldbewussten Unterton in ihrer Stimme. In diesem Moment fiepte ihr Handy, doch Fanny legte es schnell weg.

»Okay, WAS ist hier los?« Mika stemmte die Hände in die Seiten und sah ihre Freundin herausfordernd an. Fanny seufzte.

»Mika, das hier ist nicht meine Welt, okay? Ich habe mir Sorgen gemacht – zu Recht! Aber jetzt … du musst das allein klären.«

»Was klären?«, fragte Mika und da war plötzlich ein Kloß in ihrem Hals. Fanny legte den Kopf schief, wie immer wenn Mika tat, als wüsste sie nicht, worum es ging.

»Ich hab mit Sam telefoniert. Unserem Sam. Sie machen sich zu Hause schreckliche Sorgen um dich. Du hast nicht einmal angerufen.«

»Ich wollte ja! Ich hatte kein Telefon«, protestierte Mika lahm und Fannys Kopf knickte prompt wieder zur Seite.

»Hm-hm. Wie auch immer. Du musst dir überlegen, was du willst. Und ich kann dir dabei nicht helfen«, fügte sie nach einer Pause hinzu.

»Und was machst du jetzt? Zurück nach Paris?«, fragte Mika und sank auf die untere Koje des hölzernen Stockbetts. Sie fühlte sich plötzlich sehr hilflos.

»Pahhh. Nein. Mit Paris bin ich erst mal durch«, antwortete Fanny grinsend. »Ich habe nur ein Wort für dich: BARCELONA!« Und dann verwandelte sich das Grinsen in ein leises Lächeln. »Okay, ich habe noch ein Wort für dich: Samuel Kaan.«

»Das sind zwei Worte«, bemerkte Mika abwesend, doch dann setzte sie sich abrupt auf.

»Wie bitte? SAM? Du fährst mit SAM nach Barcelona?« Sie starrte Fanny an, die fröhlich nickte.

»Ja. Er hat eingesehen, dass man auch mal ein paar Sachen jenseits von Pferdeställen erleben kann. Wir treffen uns morgen Mittag. Er hat zwei Wochen frei, jetzt wo –«, sie brach ab.

»Jetzt wo was?«, fragte Mika und spürte, wie sich ihr Herzschlag beschleunigte. Fanny biss sich auf die Lippen.

»Nichts. Ich misch mich da nicht ein. Wenn du es wissen willst, musst du ihn selbst fragen. Alles was ich weiß ist: Ich fahre morgen nach Barcelona!« Sie stand auf. »So, und jetzt gehe ich mit der Töle nochmal vor die Tür, sonst finde ich morgen wieder eine böse Überraschung in meinem Turnschuh.« Sie stieß einen leisen Pfiff aus und im selben Moment schoss der kleine Chihuahua unter dem Bett hervor und tanzte schwanzwedelnd um ihre Beine. Mika lächelte.

»Sieht aus, als hätte hier noch jemand Verbindung zu einem Vierbeiner aufgenommen.« Fanny sah überrascht auf den kleinen Hund, der sich nun vertrauensvoll an ihr Schienbein lehnte.

»Hm. Ja. Irgendwie schon.« Ratte kläffte fragend und Fanny lächelte liebevoll auf ihn hinab. »Ich glaube, ich hab auch eine Gabe. Ich kann böse kleine Köter verstehen. Das eben hieß: Ich muss jetzt dringend pinkeln.« Sie öffnete die Tür und der Hund schoss wie ein Pfeil hinaus in die Nacht. Fanny sah noch einmal zu Mika. »Mein Handy liegt übrigens da auf dem Tisch. Nur für den Fall …«

Nachdem Fanny gegangen war, war Mika in ihr Bett geklettert, wo sie jetzt lag, die Decke anstarrte und zu vergessen versuchte, was ihre beste Freundin gesagt hatte. Wieder spürte Mika den seltsamen stechenden Schmerz in der Herzgegend. Was war nur los? Alles war doch gut: Ostwind ging es besser denn je. Ora war gerettet, die Pferde konnten bleiben und Mika hatte hier sogar Freunde gefunden. Sie könnte doch einfach hierbleiben, die spanische Sonne genießen, Spaß haben. In Kaltenbach dagegen … Mika seufzte tief. Und begriff im selben Moment, was das für ein Schmerz war, der sie nicht losließ: Heimweh. Auch wenn es schwierig war, Kaltenbach war ihr Zuhause. Mit einem Ruck setzte sie sich auf, schwang ihre langen Beine aus dem Bett und sprang auf den Boden. Mit zwei Schritten war sie bei Fannys Handy und hatte die Nummer gewählt. Als es auf der anderen Seite zu klingeln begann, hörte sie mit angehaltenem Atem dem Klingelton zu. Dreimal, viermal. Dann bellte eine barsche Stimme so laut ins Telefon, dass Mika das Handy erschrocken vom Ohr wegriss. »Kaltenbach?«

Plötzlich wurde ihr schweres Herz leicht. Der Schmerz war weg und ein Lächeln breitete sich langsam auf ihrem Gesicht aus.

»Hallo Oma«, sagte sie. »Ich bin's.«

19. Kapitel

Und ihr wollt wirklich nicht wenigstens noch ein paar Tage bleiben?«, sagte Petros und es klang ehrlich betrübt. Sie standen vor dem großen Tor im Hof der Hacienda, in dem die Spuren des rauschenden Fests der vergangenen Nacht noch deutlich zu sehen waren. Auch Sam sah Mika ungläubig an, die gerade eine braune Papiertüte voller praller Orangen in Ostwinds Satteltasche verstaute. Mika drehte sich um und lächelte die beiden an.

»Ich würde gerne, aber ich muss wieder nach Hause. Es gibt da ein Fohlen, um das ich mich kümmern muss«, sagte sie und lächelte froh. Denn das war die beste Nachricht gewesen, die Maria Kaltenbach für ihre Enkelin hatte: Ostwinds Fohlen lebte! Es war schwach und machte allen auf Kaltenbach Sorgen, aber: Es lebte!

In diesem Moment hupte es laut und ein klappriges Gefährt, das aussah, als würde es nur durch Rost und ein paar Schrauben noch zusammengehalten, bremste vor dem Tor der Hacienda. Fanny, die mit ihrem Rollkoffer und Ratte auf dem Arm neben Mika stand, zog eine Augenbraue hoch. »Na, gute Nacht. Das ist dann wohl mein Taxi«, sagte sie. Dann umarmte sie Mika fest. »Wir sehen uns in zwei Wochen. Versuch einfach, solange keinen Quatsch zu machen, okay?« Mika nickte und drückte ihre Freundin fest.

»Wird schwierig«, murmelte sie in Fannys blonde Locken. »Aber danke, alte Fischhaut.«

Fanny ließ von ihr ab. Sie winkte Petros zu und machte dann mit zwei Fingern das Ich-sehe-dich-Zeichen in Richtung Sam.

»Samantha, wir bleiben in Kontakt, ja? Und wegen Wladiwostok …«

Sam grinste gutmütig zurück. »Klar, Fannella. Wir sind praktisch verabredet!« Mika und Petros sahen erstaunt zu Fanny.

»Wladi-wo-bitte?«

Fanny zuckte mit den Schultern. »Ich wollte immer schon mal nach Sibirien und Sam hier war auch noch nie da.« Und damit winkte sie ein letztes Mal in die Runde und stapfte tapfer auf die wartende Rostlaube zu, die sie zum Flughafen bringen würde.

Mika wandte sich wieder an Petros und Sam.

»Wo ist eigentlich Tara?«, fragte sie vorsichtig. Sie hatte sie seit dem Rennen nicht mehr gesehen und fragte sich, ob das wohl ein gutes Zeichen war. Doch Petros lächelte.

»Sie hat Calima wieder zu ihrer Herde gebracht. Immerhin ist das jetzt offiziell ihre Aufgabe.« Mika runzelte fragend die Stirn. »Was?«

»Carlos hat erreicht, dass nicht nur das Land, sondern auch die Wildpferde von Ora ab sofort unter Schutz stehen. Und meine Schwester und ich werden uns gemeinsam um unser Erbe kümmern. Jeder auf seine Weise, aber doch zusammen.« Er sah Mika an und tiefe Dankbarkeit lag auf seinem mächtigen, bärtigen Gesicht. »Ich … WIR können dir nicht genug danken«, sagte er und reichte ihr feierlich seine große Pranke. Mika schüttelte sie und versuchte sich nicht anmerken zu lassen, dass er ihr dabei fast die Schulter auskugelte.

»Gute Reise und komm bald wieder«, sagte er und wandte sich dann rasch zum Gehen. Lange Abschiede waren offensichtlich nicht sein Ding. Doch bevor er ging, blieb er vor Ostwind stehen und strich ihm sanft über die Stirn.

»Es war gut dich wiederzusehen. Und es tut mir leid«, fügte er so leise hinzu, dass Mika und Sam es um ein Haar nicht gehört hätten. Dann ging er mit großen Schritten über den Hof davon.

Sam und Mika sahen ihm schweigend nach. Sie wussten, wofür er sich bei Ostwind entschuldigt hatte. »Er wird keine Pferde mehr einfangen. Nicht mehr so wie Ostwind«, sprach Sam aus, was beide dachten.

Mika nickte. Dann grinste sie Sam an. »Sibirien, hm?«

»Na ja, Fanny kann ziemlich überzeugend sein. Ich bin nicht sicher, wie ich aus der Nummer wieder rauskomme.« Sie lachten beide. Dann wurde Sam wieder ernst. Sie griff in ihre Tasche und hielt Mika etwas hin. »Hier. Ist nichts Besonderes. Kriegen alle Work-and-Travel-Leute von mir zum Abschied«, sagte sie schroff. Wie ihr Vater war Sam nicht besonders geübt im Abschied nehmen. Auf ihrer ausgestreckten Hand lag ein dünnes schwarzes Armband aus einer kunstvoll geflochtenen Schnur. Mika nahm es bewundernd an sich und streifte es über ihr Handgelenk. »Cool. Hast du das selbst gemacht?«

»Ja«, antwortete Sam finster. »Aus Ostwinds Schweifhaaren. Ist aber jetzt kein Freundschaftsband oder so!«

»Natürlich nicht«, beruhigte Mika sie schnell. »Trotzdem danke!«

Eine Weile standen sie unschlüssig voreinander. »Und grüß Walter von mir. Er ist vielleicht nicht der begabteste Reiter, aber er ist okay.«

Sam nickte und sah zu Boden. Eine zarte Röte stieg in ihr Gesicht. »Er ist okay. Und er tanzt ganz gut.«

»Also dann.«

»Also dann.«

Mika wollte sich gerade Ostwind zuwenden, als Sam ihr ohne Vorwarnung um den Hals fiel und sie in einer Bärenumarmung fast erdrückte. »Ich werde dich vermissen!«

Dann ließ sie ebenso überraschend wieder los und schlenderte betont lässig und ohne ein weiteres Wort davon, als sei nichts gewesen.

»Bis bald!«, rief Mika ihr grinsend nach und Sam hob die Hand, ohne sich noch einmal umzudrehen.

Es war der letzte Ritt durch Ostwinds Heimat. In gelöstem Galopp jagten die beiden durch das sanfte Grasland. Die warme Sonne auf ihrer Haut, die vertraute Energie ihres Pferdes unter sich: Mika fühlte sich so großartig wie schon lange nicht mehr. Leicht und unbeschwert und frei. Doch dann tauchten die mächtigen Bäume der Quelle von Ora vor ihr auf und Mika spürte, wie ein Ruck durch Ostwind ging. Atemlos hielt sie an. Der Hengst hob den Kopf und stieß ein Wiehern aus, als würde er leise nach jemandem rufen. Mika lächelte.

»Du hast ja recht. Wir müssen uns verabschieden«, sagte sie. »Na los!« Und noch ehe sie zu Ende gesprochen hatte, flog Ostwind mit donnernden Hufen und wehender Mähne auf Ora zu.

Der Anblick von Taras verwunschenem Haus nahm Mika auch bei ihrem zweiten Besuch fast den Atem. Das märchenhafte grüne Dickicht, das es umgab, sah im weichen Licht des Morgens noch unwirklicher aus. Der Wind strich leise durch die Blätter der Bäume, Vögel zwitscherten und wenn man ganz still dastand, so wie Mika und Ostwind jetzt, hörte man das Plätschern der nahen Quelle.

Und da war Tara. Sie trug wieder ihre verblichene braune Lederhose und saß auf den moosigen Stufen der großen Steintreppe, den Rücken an eine verfallene Säule gelehnt, die von dichtem Efeu umschlungen war. Sie hatte ihre langen Beine übereinandergeschlagen, die Augen geschlossen und ließ sich die warme Morgensonne ins Gesicht scheinen. Langsam ging Mika durch das grüne Gras auf sie zu, doch Tara schien tatsächlich zu schlafen, denn sie bewegte sich nicht. Unschlüssig stand sie eine Weile vor ihr. Endlich schnaubte Ostwind sanft. Und Tara lächelte, ohne die Augen zu öffnen.

»Ostwind«, stellte sie ruhig fest. Dann öffnete sie die Augen und sah Mika an. »Da seid ihr ja.«

»Wir wollten uns verabschieden«, sagte Mika und spürte plötzlich, wie ihr eine Gänsehaut den Rücken hochkroch, obwohl es doch so warm war.

»Hm«, sagte Tara. Sie sah Mika immer noch unverwandt an und schien sie mit ihren Blicken zu durchleuchten.

»Ich muss nach Hause«, erklärte Mika, um irgendetwas zu sagen.

Tara nickte. »Ja, ich weiß.«

Langsam ging Mika Taras Orakel-Getue auf die Nerven. »Ich wollte nur, dass Ostwind sich von der Herde verabschieden kann. Wir haben sie bei der Quelle nicht gefunden, deshalb sind wir jetzt hier«, sagte sie und es klang fast schon trotzig.

»Sind sie denn hier?«

Tara nickte gelassen. Mikas Ton schien sie nicht im Mindesten aus der Ruhe zu bringen.

»Ja. Sie grasen auf der Ebene, hinterm Haus. Calima ist wieder bei ihnen«, fügte sie mit einem kleinen Lächeln hinzu.

»Okay«, sagte Mika und wollte gerade an Tara vorbei dem kleinen Trampelpfad folgen, als die sie zurückrief.

»Mika?«

»Ja?«

»Unsere Gabe zu haben, ist nicht leicht. Für uns selbst nicht und für andere auch nicht. Letzteres habe ich übrigens von dir gelernt«, sagte sie und ihre Stimme wurde warm.

Langsam kam Mika zur Treppe zurück und setzte sich

auf die Stufe ihr gegenüber. Wieder hatte sie das merkwürdige Gefühl, in einen Spiegel zu schauen.

»Wie meinst du das?«, fragte sie vorsichtig.

»Ich meine, es ist nicht leicht, etwas ganz selbstverständlich zu fühlen, was andere nicht fühlen können. Man kann es ihnen erklären, aber es ist immer, wie einem Blinden Farben zu beschreiben.« Mika dachte an all die Menschen, die mit ihren Pferden zu ihr nach Kaltenbach gekommen waren und die einfach nicht sahen, was doch so offensichtlich war.

Sie nickte. »Ja.«

»Ja«, bestätigte Tara. »Es ist mühsam und anstrengend, aber es lohnt sich am Ende. Weil wir nun mal Menschen sind. Und wir brauchen andere Menschen. Das habe ich, im Gegensatz zu dir, erst sehr spät gelernt.« Mika fühlte sich plötzlich seltsam leicht und ein bisschen schwindelig. Als hätte sie sich zu schnell im Kreis gedreht. Für eine Weile saßen sie schweigend da. Dann hob Tara den Kopf.

»Aber weißt du, was das Allerschwerste ist?« Mika wusste plötzlich, was sie sagen würde, bevor sie es aussprach.

»Zu wissen, was richtig ist, auch wenn wir es nicht wollen?«, fragte Mika leise und riss dabei ein Stück des grünen Mooses aus, das überall aus den Ritzen der steinernen Treppe quoll.

»Ja.« Tara sah Mika still an. »Und deshalb bist du gekommen. Nicht, um dich von mir zu verabschieden. Und nicht, damit Ostwind sich verabschieden kann.«

»Nein«, bestätigte Mika und spürte, wie ihr die Tränen

heiß in die Augen stiegen. Tara streckte die Hand aus und legte sie warm auf Mikas.

»Du bist hier, um dich von Ostwind zu verabschieden.«

»Ja«, sagte Mika und dann konnte sie die Tränen nicht mehr zurückhalten. Sie saß auf der Treppe und heftige Schluchzer schüttelten sie. Sie weinte um 34. Um Milan. Doch vor allem weinte sie, weil sie nun wusste, warum sie wirklich nach Ora gekommen war. Sie hatte es immer gewusst. Sie war hier, um Ostwind nach Hause zu bringen.

Mika hörte ihr Herz schlagen. Es schlug im selben Takt wie Ostwinds Hufe hinter ihr auf dem schmalen Pfad, der sich durch das Dickicht um Taras Haus schlängelte. Der Hengst folgte ihr ruhig, wie er es immer tat, mit gesenktem Hals und in dem völligen Vertrauen, dass Mika den richtigen Weg kannte. Die Herde war genau an derselben Stelle wie beim letzten Mal. Locker verteilt standen die Pferde in der grasigen Senke, die Köpfe tief über dem Boden. Es war ein Bild der Zufriedenheit und Ruhe. Mika blieb stehen und wartete, bis Ostwind neben ihr auftauchte. Auch er war nun stehen geblieben und seine Ohren zuckten überrascht nach vorn, als ihm der vertraute Geruch seiner Herde in die Nüstern stieg. Mit einem zitternden Schnauben hob er den Kopf und nun sah Mika das silbergraue Pferd, das im selben Moment ebenfalls den Kopf aus der Mitte der Herde hob und ihnen entgegensah. Calimas linke Fessel war noch bandagiert und eine böse, dunkle Kruste zog sich über ihre Flanke, aber Mika sah zum ersten Mal, was für ein schönes Pferd sie war. Kraftvoll und trotzdem feingliedrig. Doch das Auffallendste waren ihre Augen. Sie waren groß und von langen Wimpern beschattet und ihre Farbe sah aus wie die von Bernstein. Ein helles, goldenes Braun, das in der Sonne schimmerte. Ostwinds Augen. Sie hob die Nase in den Wind und witterte. Dann wieherte sie. Es klang hell und melodisch und Ostwind antwortete mit einem Ton, den Mika noch nie von ihm gehört hatte. Plötzlich lächelte sie. Und mit einem Mal fielen alle Schwere und Anspannung von ihr ab. Ihre Augen brannten zwar noch vom Weinen, aber auch die Traurigkeit war verschwunden. Sie sah zu Ostwind, ihre Augen trafen sich und für einen Augenblick stand die Zeit still. Sie wusste genau, was zu tun war. Die schwerste Entscheidung ihres Lebens, und doch ganz einfach. Noch einmal lehnte sie ihre Stirn an Ostwinds und schloss die Augen. Und war zurück in Kaltenbach, in dem dunklen Stall, in dem sie den Hengst vor zwei Jahren gefunden hatte. Eingesperrt, hilflos und voller Angst. Und jetzt waren sie hier. Es war wie Tara gesagt hatte: Der Kreis schloss sich.

Sie schlang ihre Arme um Ostwinds Hals und atmete ein letztes Mal seinen vertrauten, erdigen Pferdegeruch. Dann ließ sie los.

»Okay?«, fragte sie. Ostwind stand ganz still da und sah sie an. Sie streifte das lose Halfter über seine Ohren, löste mit einem Griff den Gurt des Fellsattels und ließ beides zu Boden gleiten. »Das brauchst du nicht mehr«, erklärte sie leise und der Hengst schüttelte schnaubend den Hals, als wolle er das bestätigen. Sie warf sich den Gurt der Satteltasche über die Schulter und für eine Weile standen sie noch still nebeneinander. Das große rothaarige Mädchen neben dem dunklen Pferd. Wind fuhr in Mikas Haare und plötzlich lachte sie. Ein befreites, glückliches Lachen. »Na los. Geh schon!« Ostwind tänzelte einen unruhigen Schritt, dann sah er sie nochmal abwartend an. »Ich bin okay«, sagte Mika und spürte, dass es absolut der Wahrheit entsprach. Sie gab ihm einen Klaps auf die Flanke.

»Geh! Sei frei«, sagte sie noch einmal und, als hätte er nur auf dieses Signal gewartet, galoppierte Ostwind los. Mit erhobenem Schweif und einem glücklichen, wilden Wiehern raste er den sanften Hügel hinab und flog auf seine Familie zu, die ihn da unten erwartete. Zuhause.

Doch kurz bevor er die anderen Pferde erreicht hatte, blieb er noch einmal stehen. Er drehte den Kopf und sah zu Mika, die ihm nachsah und in diesem Moment von einem unbeschreiblichen Glück erfüllt war. Mit einem lauten Wiehern stieg Ostwind auf die Hinterbeine und wieder musste Mika lachen. »Angeber!«, sagte sie leise als die Hufe des Hengstes zurück auf den Boden donnerten. Sie holte tief Luft, schulterte die schwere Packtasche und das Letzte was sie sah, bevor sie sich endgültig abwandte, war ihr Pferd, das auf seine Herde zutrabte und schließlich in ihrer Mitte verschwand.

20. Kapitel

Es dämmerte bereits, als Mika am nächsten Tag den langen Schotterweg nach Kaltenbach entlangwanderte. Die Luft war klar und kühl, doch der Schnee, der bei ihrer Abreise noch alles bedeckt hatte, war in den letzten Tagen weggetaut und die ersten Spitzen der Krokusse kämpften sich mit gesundem Trotz durch den aufgeweichten Boden. Als wenig später die erleuchteten Fenster von Herrn Kaans Wohnwagen im Halbdunkel vor ihr auftauchten, beschleunigte Mika ihren Schritt. Der alte Mann saß auf der hölzernen Bank vor der kleinen Feuerstelle, in der ein gemütliches Feuer knisterte. Er steckte bis unter die Achseln in einem alten Armeeschlafsack und sah deshalb ein bisschen aus wie eine große olivgrüne Raupe. Mika musste lächeln.

»Hallo Meister«, sagte sie ruhig, als sie aus dem Schatten trat und sich neben ihn auf die Bank fallen ließ. Es war eine lange Reise gewesen und Mika spürte plötzlich, wie müde sie war.

Herr Kaan schien nicht überrascht, sie zu sehen. Aber andererseits konnte Mika sich nicht erinnern, dass ihn je etwas wirklich überrascht hätte. »Du bist also zurück«, stellte er fest und Mika nickte.

»Wie Sie gesagt haben: Ich habe die Bäume vermisst.«

»Und, hast du gefunden was du gesucht hast?« Mika hielt ihre klammen Hände an die wärmenden Flammen und nickte wieder.

»Ja«, sagte sie einfach.

Herr Kaan sah sich suchend um. »Und wo ist Ostwind? Hast du ihn schon auf die Koppel gebracht?« Mika sah ihn nicht an. Flammen tanzten auf ihrem Gesicht, als sie dieses Mal den Kopf schüttelte.

»Nein.«

»Nein? Wo ist er dann?«

Für einen Moment sah Mika ihn nur an und plötzlich veränderte sich doch etwas auf Kaans gleichmütigem Gesicht. Seine dichten Augenbrauen zogen sich zusammen und eine steile Falte erschien auf seiner Stirn. Kein Zweifel: Diesmal war er überrascht.

»Zuhause«, antwortete Mika und sah wieder ins Feuer. »Er wäre hier nicht mehr glücklich geworden«, fügte sie nach einer Pause hinzu. Herr Kaan dachte kurz nach, dann nickte er.

»Das war nicht einfach für dich«, stellte er behutsam fest. Mika spürte einen kurzen Anflug von Traurigkeit, doch im nächsten Moment war er schon wieder weg.

»Dachte ich auch. Aber am Ende war es ganz leicht.« Sie grinste Herrn Kaan an. »Ich weiß nur nicht, was Oma sagt, wenn sie erfährt, dass ich ihr 500 000 Euro teures Springpferd freigelassen habe.«

Nun lächelte auch Herr Kaan. »Ich denke, sie wird es verkraften.«

»Und was mich betrifft, ist sie ja Kummer gewohnt«, ergänzte Mika. Darüber musste Herr Kaan schmunzeln und für eine Weile schwiegen beide.

»Ich glaube, ich bin jetzt bereit für meine Aufgabe hier. Ich habe da jemanden getroffen ...«, Mika brach ab und sah Herrn Kaan von der Seite an. »Jemanden, der Ihnen übrigens gut gefallen würde.«

»Ach ja?«

»Ja! Jedenfalls: Ich werde in Zukunft mehr Geduld haben mit den Menschen, versprochen. Man muss es ihnen einfach erklären, wie man einem Blinden erklärt, was Blau ist. Sie werden es nie ganz verstehen, aber ein wenig auf jeden Fall.«

Herr Kaan sah Mika an und wieder lag dieser ungewohnte Ausdruck auf seinem Gesicht. Überraschung.

»Und du warst wirklich nur sieben Tage weg?«, fragte er ungläubig. Mika stand auf.

»Tja, in sieben Tagen kann viel passieren.«

»Allerdings«, sagte Herr Kaan, mehr zu sich selbst als zu Mika.

»Ich erzähle Ihnen die ganze Geschichte. Aber nicht jetzt. Jetzt muss ich ...« Wie so oft wusste Herr Kaan, was sie sagen wollte, bevor sie den Satz zu Ende gesprochen hatte.

»Es ist in der großen Box, rechts vorn. Ich hab vorhin nochmal nach ihm gesehen, aber es gab keine Veränderung«, sagte er und sah Mika an. »Aber jetzt bist du ja da.« Und damit zog er sich den alten Schlafsack um die Schultern und lächelte leise in sich hinein.

Das schmächtige Fohlen lag zusammengekauert in der Ecke der geräumigen Box im Stroh. Über ihm brannte eine wärmende Rotlichtlampe und der kleine Brustkorb hob sich flatternd mit jedem seiner Atemzüge. Unter dem struppigen Fell war jede einzelne Rippe zu erkennen und die dünnen Beine sahen aus wie Streichhölzer. So leise wie möglich schob Mika die Tür auf, trat in die Box und ging neben dem kleinen Wesen in die Knie. Im rötlichen Licht war nicht gut zu erkennen, welche Farbe es hatte und Mika schob mit der Hand die Lampe ein Stück zur Seite, um es besser sehen zu können.

»Grau. Silbergrau, um genau zu sein«, sagte eine vertraute Stimme hinter ihr. Und Mika spürte, wie ihre Knie weich wurden. Gut, dass sie schon auf dem Boden saß! Langsam drehte sie sich um und da, in der Tür der Box, stand: Milan. Wie immer trug er seine geringelte Mütze über den dunklen Locken und sah Mika aus seinen blauen Augen prüfend an.

»Du bist zurückgekommen? O…Oma hat gar nichts gesagt …«, stammelte sie überrascht.

Milan kam auf sie zu und ließ sich ganz sanft auf den Boden nieder, um das kleine Pferd zwischen ihnen nicht zu erschrecken. Er sah sie ernst an. »Natürlich bin ich zurückgekommen. Was dachtest du denn? Ich war einfach wütend und ungerecht und musste den Kopf frei kriegen. Aber ich haue ja nicht gleich ab, wenn es schwierig wird. Und … ich bin jetzt hier Zuhause«, schloss er leise und sah Mika dabei nicht an. Und trotz der Kälte wurde ihr plötzlich wohlig warm. Milan war wieder da.

»Das Gefühl kenn ich«, sagte sie leise und ihre Hand strich sanft über das lockige Fell des Fohlens.

»Wie geht es ihm denn?«

»Ihr. Es ist eine Stute«, sagte Milan und sah Mika endlich an. »Ostwind und 34 haben eine Tochter.« Er lächelte.

»Eine silberne Stute«, wiederholte Mika leise. »Wie deine Großmutter. Du wirst einmal ein sehr, sehr schönes Pferd, weißt du?«

Milan sah sie für einen Moment überrascht an, doch dann legte sich ein Schatten auf sein Gesicht. »Mika, es sieht leider nicht gut aus. Wir haben wirklich alles versucht, aber sie ist völlig apathisch. Und sie will nicht trinken. Doktor Anders kommt morgen und ...«, Mika legte sanft ihre Hand auf seine und Milan sprach nicht weiter.

»Kann ich mal versuchen?«, fragte sie stattdessen. Milan zögerte, dann stand er auf und holte die Flasche, die auf einem Holzbalken über ihren Köpfen stand. Er reichte sie ihr und setzte sich wieder neben sie. Vorsichtig schob Mika den kleinen Kopf des Fohlens auf ihren Schoß. Sie wartete einen Moment, dann streckte sie ihre Hand aus und hielt sie an die zarten, rosafarbenen Nüstern der kleinen Stute. Erst geschah nichts. Doch dann bewegte sich etwas. Das Fohlen öffnete die Augen und sah Mika an.

»Hallo«, sagte Mika lächelnd und Milan neben ihr hielt den Atem an.

»Sie ... das ... was?«, flüsterte er zusammenhangslos.

Das kleine Tier hob nun den Kopf und schnupperte in die Luft, als würde es etwas suchen. Dann tastete sein weiches Maul behutsam über Mikas Arm, bis es das schmale schwarze Band fand, das um ihr Handgelenk geschlungen war. Die kleinen Nüstern weiteten sich, als das Fohlen den Geruch einsog. Und plötzlich kam Leben in den schmächtigen Körper. Es kostete es sichtlich Mühe, aber das Fohlen rappelte sich auf und sah sich blinzelnd um. Fragend sah es erst Mika an, und dann Milan. Es schüttelte erstaunt seinen Kopf, als wäre es gerade aus einem langen Schlaf erwacht und sähe beide zum ersten Mal. Und dann stieß es ein kleines, aber bestimmtes Wiehern aus. Milan sah Mika mit großen Augen an, die vorsichtig die Flasche hob. Langsam schob sich der Kopf des Fohlens ihrer Hand entgegen, das kleine Maul öffnete sich … und dann schlossen sich seine Lippen fest um den Sauger. Und mit gierigen, schlürfenden Schmatzern begann es zu trinken.

Der noch immer fast runde Mond hing tief über den Wäldern um Kaltenbach und sein kühles Licht malte einen schmalen Streifen durch das Stallfenster in die Box, in der Mika und Milan immer noch im Stroh saßen. Das Fohlen lag zwischen ihnen und schlief nun tief und fest. Es hatte drei ganze Flaschen ausgesaugt und war schließlich, mit der vierten noch im Maul, eingeschlafen.

Mika hatte ihren Kopf an Milans Schulter gelehnt und keiner von beiden konnte den Blick von dem mageren Geschöpf wenden, das eben vor ihren Augen ins Leben zurückgekehrt war.

»Sie braucht jetzt einen Namen«, sagte Milan leise. »Ich konnte ihr keinen geben, ich wusste ja nicht, ob sie überlebt.«

»Wie wär's mit Fünfund-«, begann Mika doch Milan sah sie drohend an.

»Auf gar keinen Fall!«

»Schon gut«, grinste Mika. »War ja nur Spaß.«

Eine Weile lang saßen sie da, jeder in seine Gedanken versunken, dann fragte Milan in die Stille.

»Wo warst du eigentlich genau?«

Und in genau dem Moment wusste Mika, wie Ostwinds Tochter heißen sollte.

»Ora«, sagte sie und lächelte. »Wir nennen sie Ora.«

Milan nickte zufrieden. »Guter Name. Mit O wie Ostwind.« Er kraulte das schlafende Fohlen sanft hinter den Ohren. »Hallo, Ora. Na, Ora? Du wirst ein aufregendes Leben haben, Ora, das versprech ich dir jetzt schon, denn mit Mika wird es sicher nie langweilig. Und dein Vater wird sich …«

Doch Mika hörte nicht mehr zu. Sie sah aus dem Fenster. Groß und sattgelb hing dort der Mond. Sie dachte an Ostwind, der in diesem Moment Tausende Kilometer von ihr entfernt war. Aber sie wusste, er sah gerade denselben Mond. Genauso wie sie wusste, dass sie sich eines Tages wiedersehen würden. Aber das ist eine andere Geschichte.

ENDE

Lea Schmidbauer, geboren 1971 in Starnberg, studierte ein paar Semester Amerikanische Kulturgeschichte, bevor sie sich an der Filmhochschule in München bewarb. Sie lebt in München und als Teilzeitlandwirtin in einem kleinen Dorf in Mittelfranken.

Kristina Magdalena Henn, geboren 1977 in Trier an der Mosel, begann nach einem Rucksackjahr in Australien ihr Studium an der Münchner Filmhochschule, an das sich ein Stipendium der Drehbuchwerkstatt München anschloss. Sie lebt in München und Portugal.

Seit 2007 schrieben beide zusammen u. a. die Drehbücher zur romantischen Komödie »Groupies bleiben nicht zum Frühstück« und die Pferdeabenteuerreihe »Ostwind«.

Coole Produkte für echte

Ostwind-Fans!

Puzzle

PC-Game

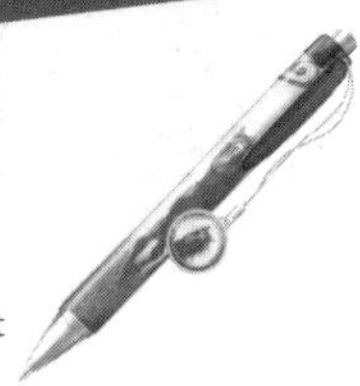

Stift

Geldbeutel

Kollektion von spreadshirt.de

Magazin

ALIASENTERTAINMENT spread shirt Blue Ocean der Hörverlag HEYE

Sachbuch

Notizbuch

Lesung

Das große Fanbuch

Freundebuch

Tagebuch

Wandkalender

Schneiderbuch EGMONT aesir interactive cb Ravensburger